Zervan - Doğumu ve Ölümü Belli Olmayan

Yasin Güneş

Published by Yasin Güneş, 2024.

ZERVAN - DOĞUMU VE ÖLÜMÜ BELLI OLMAYAN

First edition. April 7, 2024.

Copyright © 2024 Yasin Güneş.

ISBN: 979-8223525882

Written by Yasin Güneş.

Hayatıma ışığım Özlem'e...

Bazı hikâyeler vardır ki bir kitaptan fazlasını vaat eder; okurun ruhuna işleyip onunla birlikte yaşar, nefes alır ve ona yeni anlamlar katar. *Zervan - Doğumu ve Ölümü Belli Olmayan* tam da böyle bir hikâyedir. Mitoloji, tarih ve felsefeyi iç içe geçiren bu eser, yalnızca fantastik bir evrende geçen bir macera değil; aynı zamanda insanlığın içsel çatışmalarına, evrensel arayışlarına ve varoluşuna dair derin bir sorgulamadır.

Zervan, kadim öğretilerin gölgesinde, kaderin elinden kayıp gitmeye çalışan, inancını ve kimliğini bulmaya çalışan bir karakterdir. O, ne tam olarak bir kahraman ne de tam olarak bir anti-kahraman olarak tanımlanabilir. İnsan ruhunun en derin arzularını ve korkularını barındıran Zervan, bu yolculukta geçmişiyle yüzleşirken bizleri de tarih boyunca tekrar eden bir döngünün içine çeker. Çünkü Zervan'ın hikâyesi, aynı zamanda insanlık tarihinin özüdür.

Yazar Yasin Güneş, satır aralarına ustalıkla gizlenmiş göndermeler ve sembollerle okura derin bir sorgulama süreci sunar. Eserdeki karakterler ve olaylar, bir yandan bizlere tarihten izler taşırken, bir yandan da günümüz insanının sorunlarına ve bunalımlarına ayna tutar. Kitapta yer alan olay örgüsü, okuru sürekli olarak zihinsel bir tetikte olma hâline sokar; çünkü her adımda yeni bir sır ve gizem kendini gösterir.

Zervan - Doğumu ve Ölümü Belli Olmayan aynı zamanda özgür irade ve kader arasındaki ince çizgiye dair cesur bir inceleme sunar. Zervan, özgürlüğüne ulaşmak için mücadele ederken, aslında hepimizin derinlerinde yatan o sonsuzluğa ulaşma arzusunu yansıtır. Bu eserde, her bir karakter ve olay, varoluşun temel taşlarına dokunan metafizik bir yolculuğun bir parçasıdır. Bu yüzden kitabı her elinize aldığınızda, farklı bir katmana inebilecek ve yeni anlamlar keşfedebileceksiniz.

Bu kitap, hem hayal gücünün kapılarını ardına kadar açan hem de sorgulayıcı bir zihin için eşsiz bir hazine sunan bir yolculuk niteliğinde. Belki de bu yüzden, Zervan'ın hikâyesine dahil olurken zamanın sınırlarını aşacak ve kendinizi bu büyüleyici macerada bir yol arkadaşı gibi hissedeceksiniz.

Yolunuz, Zervan'ın kaderi ve kendi hakikat arayışımızda keşfedeceklerimizle şekillenecek. Bu eseri okurken, sıradan olanla olağanüstü arasındaki çizginin silikleştiği bir dünyaya adım atmaya hazır olun.

ZERVAN

DOĞUMU VE ÖLÜMÜ BELLİ OLMAYAN

Bölüm 1 - İKİ KARDEŞ

Karasu Ormanı gecenin dipsiz karanlığında çok uzaklardan bakıldığında sadece gri ve yeşil tonların iç içe geçtiği bir tabloyu andırıyordu. Uzun yıllardır bağlı olduğu kasabanın güzelliğinin arkasında sırlarını saklamayı başarabilmişti. Bu sırlardan biri de ormanın eteklerine kurulan Misafir Kabul Etmez Köyüydü. Yaklaşık üç yıl öncesine kadar var olan bu köyden geriye bugün, içinde hayat olmayan dört köy evinden başka bir şey kalmamıştı. Asırlar önce kurulan Misafir Kabul Etmez Köyü, kurulduğu yıllarda komşu köyler ve kasaba halkının da söylediği gibi bir lanetin etkisinde kalmış, ve sonunda haritadan silinmişti.

BU LANETTEN KASTEDILEN tabii ki yemyeşil ağaçlara, hayvanlara, börtü böceğe ev sahipliği yapan Karasu Ormanı değildi. Köyün etkisi altında kalıp, kökünün kurumasına sebep olandan kastedilen Ormanın içerisinde bulunan bir mezardı. Mezar taşında "Doğumu Ve Ölümü Belli Olmayan" yazan bir mezar...

İSTANBUL...

Bugün...

"Ağabey! Kalk hadi kalk! Çay hazır!"

"Saat kaç?" der gibi mırıldandı Serkan. Ağzını yastığa dayayıp, konuşmak oldukça zor bir işti.

"Kaç olacak on buçuk oldu. Amma horladın bu gece be! Valla sinirden sıkacaktım boğazını."

Serkan saati duyunca, hemen başını yastıktan kaldırıp, kendi gözleriyle duvar saatine baktı. Ardından vücudunu rahatsız edici bir sıcaklık sararken, yataktan hemen doğruldu. "Ya var ya... Hay senin yapacağın işin! Hay sana güvenen ağzıma sıçayım! Ben sana demedim mi? Alarmı kuruyorum ama benden önce uyanırsan mutlaka uyandır beni diye!"

"Aaa! Ne bana bağırıyorsun be! Uyandın mı? Alarm çalarken söyledim ben sana! Kapat şunu dedin. Ben ne yapayım!"

"Ya... Hadi git Sibel. Ben öyle bir şey demedim."

"Demedin mi? Tabii ben kıçımdan uyduruyorum zaten. Uyku sersemiydin demek ki. Hatırlamıyorsun!"

"Kendi ağzınla söylüyorsun işte. Uyku sersemi ne dediğimi nereden hatırlayayım? Ya da niye sana alarmı kapat diyeyim ki. Hey Allah'ım ya!"

"Bana mı güvendin ya. Kalkıp, gitseydin işe! Allah'ım suçlu ben oldum ya!"

"Tamam Sibel. Uzatma. Sabah sabah hiç çekilmiyorsun zaten." dedi Serkan. Ardından yataktan kalkıp, elini yüzünü yıkamak için banyoya gitti. Giderken, Sibel de arkasından söyleniyordu. "Sanki sen çok çekiliyorsun he! Saatini öğrenince hemen zombi gibi dönüp, saate bakmalar filan. Nemrut. nemrut...."

"Duyuyorum söylediklerini!"

SERKAN LAVABOYA GIDINCE, Sibel abisinin yatağını kaldırıp, tekrar kanepe haline getirdi. Bu işi yapar yapmaz, öbür odadaki, -ki zaten evin başka odası yoktu- kahvaltının hazır olduğu masaya koştu. Daha sonra gözü masada tek eksik olan çaydanlığa ilişince, mutfaktan kendisine göz kırpan çaydanlığı alıp, masanın üstüne koydu. Ve sandalyelerden birini çekip, bardaklara çayı doldurmaya başladı.

Kahvaltı masası, zeytin, reçel, peynir, tereyağı, şokella ve masanın tam ortasında soğumaması için üstü kapakla örtülen sahandan oluşuyordu. Bu arada Serkan da lavabodan çıkmış, havluyla elini yüzünü silerken aceleyle havluyu kenara atıp, Sibel'in karşısındaki sandalyeyi kendisine çekti. Ve hızlıca sahanın kapağını açtı.

Ardından anlamlı bir şekilde gülerek "Evet yine karşımızda sahanda kabuklu yumurta!" diye söylendi. Bunun üstüne "Daha iyisini sen yap da biz yiyelim." diye çıkıştı Sibel.

Serkan, Sibel'in yavaş yavaş sinirlenmeye başladığını anlayınca, "Şaka yapıyoruz kızım. Yoksa senden daha iyi yumurta kırmak gibi bir iddiam yok." diye gönül almaya çalıştı.

Ardından elinde tuttuğu sıcak çay bardağına iki kaşık şeker atıp, karıştırmaya başladı.

İki kardeş karşılıklı kahvaltılarını yaparken; "N'oldu o iş? Aramadılar mı?" diye sordu Serkan.

Sibel iki hafta önce bir fast - food şirketine iş başvurusunda bulunmuş; cevap bekliyordu. Başvurduğu ilk günün akşamın ki heyecanıyla şimdiki arasında dağlar kadar fark vardı. "Aramadılar. Zaten Elif'in dediğine göre üç hafta içinde aramazlarsa bir daha da aramıyorlarmış."

"Salla. O kadar iyi bir iş değildi zaten. Yakında yırtacağız kızım zaten. Çok zengin olacak bu abin. Çok!" diye ekledi.

"Ya. Abi! Alınma ama bir şey söyleyeceğim. Sen Okuldan mezun olalı üç yıl oldu. Arkeoloji mezunusun kitapçıda işe girdin. Dedektörü alacak para lazım dedin. Bir yıl sonra o dandik makineye dört bin lira para saydın. İki yıldır yırtmanı bekliyoruz ama..."

"Ulan! manyak manyak konuşma. O kadar kolaydı değil mi? Yer altında eser ya da gömü bulmak. Mahalleliye yaymışsın zaten. Yakında evi polisler basacak. Alıp, gidecekler dedektörü. Ben o zaman soracağım sana. Araştırıyoruz, kızım. Türkiye'nin dört bir yerini. Sessiz ve sedasız. Çok yakında!" dedi Serkan.

Sibel; "Biz o zaman kadar ölürüz." diye cevap vermişti ki, bir anda cep telefonu çalmaya başladı. "Hayaaat beni neden yoruyorsun?" şeklinde Serdar Ortaç şarkısıyla çalmaya devam ederken, Sibel masadan hemen kalkıp, cep telefonunu aldı. Ekranda numarayı tanıyamayınca, "Kim ki bu?" diye söylendi.

"Ulan öyle diyeceğine açsana şunu! Kapanacak şimdi." diye çıkıştı Serkan. Ardından da "Telefona koyduğu müziğe bak!" diye ekledi.

Bunun üzerine "Efendim." diyerek telefonu açtı Sibel. Karşıdaki sesin "Sibel Karayel ile görüşecektim." şeklindeki tonlamasına "Buyurun benim." diye cevap verdi. Daha sonra iş başvurusunun kabul edildiğiyle ilgili bilgi verdi ses. Ve ikinci görüşme için merkezin bulunduğu binanın adını verdi. "Sam Plaza."

İlk başta "Anlayamadım." dedi Sibel. "Sesiniz biraz cızırtılı geliyor da." diye ekledi. Bunun sebebi, giriş kattaki evlerinde genelde öğrencilerin tercih ettiği mobil hattın pek çekmemesiyle ilgiliydi. Bunun üzerine telefonun karşısındaki adam bir kez daha "Sam Plaza" diye tekrarladı. Sibel de, iyi duyamamasının etkisiyle, aklına gelen ilk çağrışım olarak "Hasan Plaza mı?" diye sordu.

Serkan da kardeşinin konuşmasını dikkatle dinlerken, "Hasan Plaza mı?" sorusunda bir anda ağzındaki çayı dışarı püskürttü. Ve karnına ağrılar girene kadar gülmeye başladı.

Bir yandan abisinin kendine gülen hallerine bakarken bir yandan da sesi dinleyen Sibel'in yaptığı gafla yüzü kızardı. Ama karşıdaki ses, kibar bir şekilde "Çöl Rüzgarı anlamına geliyor Sibel Hanım" diye cevapladı. Ardından "Kodlayayım isterseniz; Samsun, Antalya, Manisa." diye ekledi.

Ardından "Tamam. tamam." dedi Sibel. "Çöl Rüzgarı doğru ya. Sam Plaza. Kusura bakmayın sesiniz biraz cızırtılı geliyor da." diye cevap verdi.

"Önemli değil." dedi adam. Sonra da "Yarın saat dokuz buçukta Sam Plaza" dedi. Bunun üstüne, "Yarın saat dokuz buçukta Sam Plaza." diye tekrarladı Sibel. Ve "Görüşmek üzere" sözüyle konuşmayı bitirdi.

Telefonu kapatmasının ardından, Serkan'a sinir bir bakış attı. Ama Serkan oralı olmayıp, gülmeye devam etti. "Hasan

Plaza ha! İnsan bir düşünür be kızım. Hasan diye Plaza adımı olur ulan!" dedi ve kahkahalarını sürdürdü.

"Ne biliyim be. Kısık sesle ne dediği anlaşılmıyor ki herifin. Hasan gibi geldi bana öyle." diye cevap verdi.

"Allah'tan adam görüşmeyi iptal etmedi. Valla bana biri aynısını dese biz bir kez daha düşünsek iyi olur derdim. Halbuki bu dizilerde çok Plaza filan da gösteriyorlar ama demek ki boş boş bakıyorsun öyle. Almışsın cehalet bayrağını en ön safta savaşıyorsun!" dedi Serkan. Sibel'i kızdırmak hoşuna gidiyordu.

Bunun üzerine Sibel "Abiii!!!" diye çıkışmıştı ki, "Tamam. Tamam." dedi Serkan. Sonra da "Sen beni güldürdün. Allah'ta seni güldürsün!" diye ekledi. Daha sonra üstünü başını giymek için masadan kalktı.

Sibel'de masayı toplayıp, yiyeceklerin çoğunu dolaba yerleştirirken, Serkan üstünü giyindi. Ve evden çıkarken; son anda Sibel'e dönüp, "Benden sana bir tavsiye. O telefonun müziğini değiştir. Yani en azından görüşme de kapalı tutmayı unutma." diye seslendi. Sibel de "Abi yiyeceksin şimdi terliği. Git istersen." diye cevap verdi. Serkan da "Tamam. Tamam. Fazla gezme mahalle kızlarıyla. Hadi akşama görüşürüz." deyip, dışarı çıktı.

Bölüm 2 - O'NA DOĞRU

Üç yıl Önce...
Dadastana Kasabası...
Misafir Kabul Etmez Köyü...

Tipi başladığında; kurşun gibi küçücük karların pencereye her isabet edişinde çıkardığı tiz sesler, artık yerini tok seslere bırakmıştı. Misafir Kabul Etmez Köyü akşamüstünden itibaren yoğun bir kar fırtınası tarafından esir alınmıştı. Bu arada Köyün yakınından geçmekte olan bir araba, tipiden nasibini alıp kara saplanırken; Köyde onlara yardım edebilecek tek bir kişi vardı.

Bir hafta sonu tatili için yolculuğa çıkan Murat Kaya ve Nergis Kaya çiftini taşıyan eski, külüstür araba tatil dönüşü İstanbul'a giderken, Misafir Kabul Etmez Köyü yakınlarında kara saplanmıştı.

MURAT ILK ÖNCE BU DURUMUN yola çıktıklarından beridir tatili kendisine zehir eden karısının çenesi, yüzünden başına geldiğini düşünmüştü. Ardından geceyi arabada geçirip, gün ışıdıktan sonra da bir kilometre geride kalan köyden yardım istemeye karar vermişti. Ama karısı bu kararına karşı çıktı. Nergis; geceyi araba geçirmeyi aklından bile geçirmiyordu. Çünkü ertesi gün yetişmesi gereken bir altın günü vardı. Kocasının başını bir kez daha yerken; ondan hemen o dakika da, yağan kar fırtınasında köye yardım istemek için gitmesini istedi.

Murat, bu durumu öfkeyle karşılasa da karısı her zaman yapmaya alışkın olduğu yapmacık "Hadi Kocacığım." mimiğini yapmış ve yine Murat'ı kandırmıştı. Murat o kar fırtınasında yürüyen kardan adama dönüşürken; zorlukla Köy'e ulaşmış ve ışıkları yanan kahvehaneye girmişti.

Kahvehane' de topu topu bir kişi vardı. Yirmili yaşlarda, toy görünümlü Yakup adlı bir delikanlı. Bu delikanlı, Murat ilk girdiğinde panik olmuş ardından sakin bir tavır sergilemişti. Murat, Köye yardım istemek için geldiğini söylediğinde de kaçamak cevaplarla bunun olamayacağını; kendisi dışında tüm köylünün uykuda olduğunu ve yardım etmeyeceklerini söylemişti. Bunun üstüne; Murat köyde konaklama şanslarını sorduğunda; Yakup gülmüş, ve köyün girişinde kar yağışından dolayı kapanan levhada yazan yazıyı söylemişti: "Misafir Kabul Etmez Köyü!"

Bu arada arabanın içinde kocasını beklemekten sıkılan Nergis; tüm camları kapayan beyaz örtü nedeniyle rahatsız olmuş ve arabadan dışarı çıkmıştı. Dışarı çıktığında ilk önce soğuğu hissedip, bembeyaz örtüyü görmüş ardından da arabaya yaklaşmakta olan Siyah paltolu, uzun saçlı rahatsız edici bakışlarla kendisine bakan genç adamı fark etmişti.

Adam Nergis'e yaklaşırken; Murat için endişelenip, endişelenmediğini sorunca, Nergis birden paniklemiş ve kaçmak istemişti. Ama kim olduğu bilinmeyen bu adam, bir anda yanında bitmiş ve kibarca ondan arabaya girmesini istemişti. Ardından da kendini tanıtmıştı. Adı Zervan'dı.

BU ARADA MURAT, MISAFIR Kabul Etmez Köyü'nden umutsuzca ayrılmış ve hızlı bir şekilde arabanın kaldığı yere doğru gidiyordu.

ZERVAN, ARABANIN IÇINDE Nergis'e; kocasının onu ne kadar çok sevdiğini anlatmış ve aç olduğunu söylemişti. Bu arada Şeytan'la karşılaştığını düşünen Nergis bu düşünceyle içinden küçükken ezberlemeye üşendiği duaları hatırlamaya çalışırken, bir yandan da son bir umutla çantasında bulunan ev yapımı poğaçaları açlığını gidermesi için adama doğru uzatmıştı. Zervan, bunun üzerine gülmüş ve kendisi gibi birinin ev yapımı poğaçayla doyamayacağını söylemişti.

MURAT, ARABAYA ULAŞTIĞINDA kendisini büyük bir şok bekliyordu. Karısının cansız bedeni arka koltukta kalbi sökülmüş bir şekilde yatarken yanına bir not bırakılmıştı. Notun üzerinde şöyle yazıyordu. "Dostum! Aşkına büyük saygım var. Ama inan bana! Bu kadını kalpsiz sevmen senin için en iyisi!"

ZERVAN, ÇOK UZUN YILLARDIR aradığı Köyün girişinde beklerken; elindeki kalpten büyük bir ısırık alıp;

"Aroması harika!" diye bağırdı. Daha sonra Köye doğru her adım attığında içindeki heyecan giderek büyüyor; ve aklı Onunla karşılaşacağı anı düşünmekle dolup, taşıyordu.

Bölüm 3 - FALCI

Dadastana Kasabası...
Bugün...

Karasu Ormanı ve Misafir Kabul Etmez Köyü'nün kötü şöhretinin duyulmasını engelleyen bir şey varsa o da doğal ve tarihi güzellikleriyle göz kamaştıran bu kasabaydı. Asırlar öncesinden kalma evleri, konakları, hamamları ve daha nice eserleriyle burada yaşayan insanlara günümüzde, eski tarihi yaşama zevkini veriyordu. Hafta sonları kendisini ziyarete gelen çoğunlukla yerli turiste zamanın aslında hızlının aksine ne kadar yavaş aktığını çarpıcı bir şekilde gösterirdi. Öylesine güzel bir yerdi ki eğer ilk defa geliyorsanız; sizi kasabaya götüren yoldan devam ederken birden birbirini çevreleyen dağların yavaşça açıldığını, ve içinden bir hediye paketi gibi yeşilliklerle dolu bu güzel yerin ortaya çıkıverdiğini görürdünüz. Tam anlamıyla dağların sakladığı ve öyle herkese sırrını açıklayıp, göstermediği bir yerde denilebilirdi.

SANKI ZAMANIN DURDUĞUNU gözlemlediğiniz bu kasabada, kum saati yılda bir kez hızlıca akardı. O da her yıl bir kez yapılan Panayır Şenliklerinde olurdu. Normal zamanlarda hiç göremeyeceğiniz kalabalığı, renkliliği bu kasaba da yalnızca

Panayır' da görebilirdiniz. Tarihi mekanların önüne kurulan lunaparklar, elbise satan dükkanlar, yeteneklerini sergileyen cambazlar ve onları hayretle izleyen kasaba insanları...

Harun'da yılda bir defa akrabalarını görmeye geldiği bu kasabaya bu defa İstanbul'dan çocukluk arkadaşı Serkan'ı da getirmiş ve şimdi ona panayırı gezdiriyordu. Henüz tahta çemberlerin atılıp, hedefi içine aldığında sigara paketi kazanılan oyun tezgahını geçmişlerdi ki Serkan aniden durdu ve tezgaha yönelip, beş çember satın aldı. Harun, kazanılması zor olan bu oyunda arkadaşını tam uyaracaktı ki, Serkan çemberlerden ilkini attı ve birde bir yaptı. İkinci atışında da hedefi tutturunca arkadaşına şaşkınlıkla baktı Harun. Kendisi şu ana kadar elliye yakın kez deneyip, bir kez bile olsun sigarayı kazanamamıştı. Oyunu oynatan adamında huzursuz bakışları altında beş atışında dört kez hedefi tutturdu Serkan. Ardından kazandığı dört sigara paketini alıp, oyunu oynatan adama gülümseyip, sigaralardan ikisini Harun'a verdi, ve yürümeye devam ettiler.

Şaşkın bakışlar altında önce sigara paketine sonra da arkadaşına bakarken "Ben hiç tutturamamıştım." dedi Harun. Sonra da "Neden adama gülümsedin?" diye ekledi. Serkan bu defa tekrar gülümsedi. Sonra "Arkana bak. 'dedi. "Ben oynamadan önce sinek avlıyordu. Şimdi herkes oynamak istiyor." Daha sonra da oyunun püf noktasını anlattı. "Sigaraları koyduğu sunta yukarı doğru eğik. Eğer gözüne kestirdiğin hedefin beş santim önüne atarsan, çember geri doğru sekip, paketi içine alır. Ama ilk atışında yapamazsın biraz antrenman gerek."

Bu defa "Sen nerden öğrendin?" diye sordu Harun. Serkan cevap verdi. "İzmit'te Üniversite'de okurken, bunun aynısından vardı fuarda. Ama iki kişilerdi. Bir akşam adamlardan biri oyunu oynatırken, öbürü de çember fırlatıyordu. Adamı tanıyıp, dikkat kesildim. Adam beşte beş yaptı. Sonra sigaraları aldı, ve oyunun önü insanlarla doldu. Daha sonra yaptıkları dümeni fark ettiğimi gördü. Biraz muhabbet ettik. Anlattı işte püf noktasını. Yalnız sizin buradakinin bir asistanı yok. O yüzden biraz para kazanması için dört paket kaybetmek zorunda kaldı."

HARUN GÜLEREK "VAY anasını!" dedi. "En küçük şeyde bile bir numara var desene."

"Öyle." dedi Serkan. Sonra kasabanın tepesindeki Saat Kulesini gösterip, "Oraya ne zaman çıkacağız?" diye sordu. Harun "Biraları alayım çıkalım hemen." deyince, "İyi olur." dedi. Ardından ekledi. "Belki buraya sadece gezmek için gelmediğimizi orada anlatırsın."

Sonbahar rüzgarı usul usul esip, sararan yaprakları kasabanın üzerine ahenkli bir şekilde serpiştirirken; zirvedeki Saat Kulesi'nin yanındaki iki arkadaş sohbet ediyordu.

"Evet. Ne düşünüyorsun bakalım?" diye heyecanla arkadaşının fikrini sordu Harun. Kısa süre içinde bir cevap alamayınca arkadaşının yüzüne baktı ve Serkan'ın huşuyla manzarayı izlediğini fark edip, gülümsedi.

Serkan'da az bir zaman sonra hayranlıkla baktığı manzaradan gözlerini çevirmeden "Bu kadarını beklemiyordum!" diye fısıldadı. "Hayatımda gördüğüm en güzel yerlerden biri! Sadece manzara olarak söylemiyorum. Adeta hissedebiliyorum bunu."

Harun arkadaşının sözlerinden sonra tekrar gülümsedi. "Hissetmek" sözüyle neyi kastettiğini anlayabiliyordu. Şu anda kuş bakışı baktıkları kasabanın arasından tüm gürültüsüyle akan nehrin şırıltısı buradan bile rahatlıkla duyuluyordu. Bu da manzaranın güzelliğini görmenizin yanında kendisinden yükselen rahatlatıcı su sesini de duymanız demekti. Saat Kulesi'ni diğer zirvelerden ayıran önemli bir özellikti bu.

"Farklı bir yer olduğunu sana söylemiştim." diye konuştu Harun. Ardından Kulenin önünde arkadaşının fotoğrafını çekerek, anı ölümsüzleştirdi. Daha sonra yanında getirdiği iki biradan birini arkadaşına uzattı ve Kule'nin önündeki banklardan birine oturdular. Bu küçük ve sevimli kasabanın insanı büyüleyen manzarasına doyasıya bakarlarken soğuk biralarını yudumluyorlardı şimdi.

⎯⎯⎯⎯⎯◈⎯⎯⎯⎯⎯

"GELDIĞINE PIŞMAN OLMAYACAKSIN demiştim." dedi Harun. Serkan birasından bir yudum daha alana dek cevap vermedi. Sonra derin bir nefes alıp, "Aslına bakarsan daha bu konuda emin değilim." dedi. Birkaç saniye duraksadıktan sonra devam etti: "Bir hafta boyunca Panayır diye tutturdun, güzel yer dedin İstanbul'dan kalktık geldik. Ama gerçek sebebin bu olmadığını ikimiz de biliyoruz. Yok eğer sadece gezi için geldiysek; açıkçası ben daha Çanakkale'ye gitmedim. Eğer sadece bunun için getirdiysen beni, hakikaten pişman olacağım."

Harun şimdi şaşkınlıkla Serkan'a bakıyordu. Önce "Gerçekten de böyle mi düşünüyorsun?" diye sordu. Serkan başını "Evet." anlamında sallayınca o da birasından bir yudum daha alıp, konuşmaya başladı. "Biliyorum Panayır buraya gelmek için pek inandırıcı bir sebep değildi. Senin yerinde başka biri olsa gerçek sebebini öğrenmeden hayatta gelmezdi." Sözlerini daha bitirmemişti ki "Arkadaşım olmasaydın gelmezdim." diye çıkıştı Serkan. Bunun üzerine Harun "Biliyorum." anlamında elleriyle arkadaşını onayladı. Daha sonra da sözlerine devam etti. "Tamam. Seni neden buraya getirdiğimi söyleyeceğim. Artık tam sırası. Ve iyi bir yerdeyiz. Nasıl anlatacağımı bilmiyorum ama sana şunu söylemeliyim ki burada hayatımızı değiştirecek bir sır var."

Serkan yüzünde oluşan hayal kırıklığı ifadesi ile "Nasıl?" diyebildi.

"Aslında senin de aylardır aradığın fırsat..."

"Biraz açık konuş!" diye çıkıştı Serkan. Artık mantıklı bir açıklama bekliyordu.

"Sana bunu daha önce söylemeye çalışmıştım aslında. Bu kasabada bir yerlerde tahmin edemeyeceğin şeyler var. Tam olarak ne olduğunu bilmiyorum ama farklı bir şeyler olduğu kesin."

"O saçma hikayeyi bir daha sakın anlatma. Buraya anlattığın o zırvalıklar için geldiğimize inanamıyorum!" diye tepki gösterdi Serkan. Ses tonundan, yaşadığı hayal kırıklığı fark ediliyordu.

"Daha önce söyleseydim, buraya gelmezdin ki. Ayrıca; niçin bu kadar tepki gösterdiğini anlayamıyorum. Söylediklerim için buna değmez mi sence? Aylardır siktiriboktan testilere tarihi eser muamelesi yapıyorsun! Ama ben sana burada küplerce altın olabilir diyorum. Ya da bunun gibi bir şey... Ama beni siklediğin yok!" Harun da sesini yükseltmişti artık.

"Daha önce anlattıklarının benim için hiçbir anlamı yoktu. O gün gülüp, geçtim ama hala o anlattıklarında ısrarcıysan senin hakkında farklı şeyler düşüneceğim dostum. Anladın mı?"

"Yemin ederim ki sana anlattıklarım doğru. Deli filan değilim. Burada herkese sorabilirsin. Hiçbiri kabul etmeyecektir. Ama inanmadıklarından değil. O lanet zırvalığından dolayı. Eğer söylediğin gibi inanmasaydın, bunu bana ispatlamak için teklifimi kabul ederdin. Ve bu gece o ormana gidiyor olurduk." Harun bir yandan işaret parmağıyla da tam karşılarında duran ağaçlık bölgeyi gösteriyordu.

"Senin ısrarla aynı zırvalıkları anlatacak biri olmadığına inanıyordum. Yanılmışım demek ki. Ama sana gerçeği söyleyeyim. Bana bir şeyler anlatıyorsun. Ama yanındaki lanet hikayesine zırva diyorsun. Bana sorarsan senin anlattıklarında tam bir saçmalık. Yok eğer doğru olması için azıcık bir ihtimal bile varsa o zırva dediklerinde doğru olabilir. Ve bunun için bu riske girmem. Evet belki Arkeolojiyi kitapçı da çalışmak için bitirmedim. Ama efsaneler peşinde koşacak bir manyak olmak için bitirmediğime de eminim. Ve şu anda kitapçı olarak kalmayı tercih ediyorum. Ayrıca; bana bunları arkadaş olduğumuz için mi yoksa dandik bir dedektörüm olduğu için mi söylüyorsun? Eğer cevabın son söylediğim ise Harun, sana diyebileceğim tek şey; Efsane gerçekse; dedektör hiçbir boka yaramaz." Serkan konuşmasının sonuna doğru kontrolünü kaybetmiş ve kıpkırmızı kesilmişti.

"Dedektör mü?" dedi Harun gülerek. "Seni dedektör için değil; arkadaşım olduğun için buraya getirdim. O elindeki metal tenekeyi bulmaktan kolay ne var! O ormana girmek için asıl cesaret gerekli. Seni bunun için..." dedi son olarak. Ardından lafını burada kesmesinin daha iyi olacağını düşündü.

SON SÖYLEDIKLERINDEN sonra ise yerini derin bir sessizlik aldı. İki arkadaşta artık birbirleriyle konuşmayı bırakmış, kafalarını önüne eğmişti. Yaklaşık iki dakika süren sessizlikten sonra Serkan birasından son bir yudum daha alıp, ayağa kalktı ve yürümeye başladı. Arkadaşının gitmek üzere olduğunu gören Harun, uzun sessizliği bozdu ve arkasından seslendi: "Bugün dönemezsin! Buradan sadece bir otobüs kalkar İstanbul'a. O da sabah 09.30'da!"

Serkan önce yere bir tekme savurdu. Sonra adımlarını geri aldı. Ve kendisine garip gözlerle bakan arkadaşına cevap verdi. "Peki! Yarın gideceğim. Ama hala arkadaş olarak kalacaksak gidene kadar bir daha bu konuyu konuşmayalım."

Harun arkadaşını kafasıyla onayladıktan sonra yerinden kalktı. Ve eğlenceli bir şekilde tırmandıkları Arnavut kaldırımlı eski yolu, gergin bir şekilde inmeye başladılar.

GÜNEŞ, GÖKYÜZÜNÜ TERK edeli iki saat olmuş ve kasaba her akşam olduğu gibi yine sessizliğe gömülmüştü. Gündüzleri size kısa kollularla gezinme imkanını tanıyan bu küçük yerde akşam olduktan sonra üstünüze uzun kollu almadan çıkamazdınız. Harun'da yerlisi olduğu bu kasaba da arkadaşını hava konusunda uyarmış ve kendisine ait olan montlardan birini ona vermişti. İki arkadaş şimdi genelde üniversite öğrencilerinin uğradığı eskiden kahvehane olan şimdi ise şirin bir Kafe'ye dönüşen ve Bey - Han adını alan mekana gidiyordu. Araları birkaç saat önce yaşadıkları tartışma nedeniyle biraz soğuk olsa da Serkan, yol boyunca Harun'un annesinin hazırladığı yemekler başta olmak üzere birkaç önemsiz konu açmış, azda olsa yaşanılan tatsızlığı unutturmuştu.

İki arkadaş Kafe'ye girdiklerinde, Harun yaşlı bir teyzeyle Kafe'yi ortaklaşa işleten üniversite öğrencisine selam verip, kendilerine iki Türk Kahvesi getirmesini söyledi. Masaya oturduklarında, Serkan neden kahve söylediğini arkadaşına sorduğunda, Harun önce cebinden çıkardığı sigara paketinden arkadaşına sigara uzattı. Ardından sigarasını yaktıktan sonra cevap verdi. "Buranın Türk Kahvesi meşhurdur. Sabah ki tartışma için üzgünüm. Yarın İstanbul'a döneceksin. Ve buradan aklında iyi şeylerle ayrılmanı istiyorum. Gerçi bir halı saha maçı ayarlayamadım ama... Bununla idare et. İffet Teyze, Kafe'nin ortağı. Öyle bir kahve falı bakar ki dudağın uçuklar."

Serkan bir ara yine mi diyecek oldu ki Harun arkadaşını konuşturmadı. "Ulan şaka be! Alt tarafı eğleneceğiz işte. Yalnız söylediklerinden sonra hakkımda çok şey biliyor diye kadını öldürmeye kalkma!"

Harun'un söylediklerinden sonra Serkan'da gülümsedi. Sonra o da arkadaşına takıldı. "Şaka maka biraz Matrix' teki Kahin' i andırıyor. Belki Matrix' i izleyip; falcı olmaya karar vermiştir."

Yaklaşık on beş dakika kadar olmuş iki arkadaş kahvelerini lezzetle bitirdikten sonra ters çevirip, soğumaya bırakmışken bir yandan da çocukluk anılarından bahsediyorlardı. Genelde tanıştıkları kızlar, top oynarken kırdıkları camlar, ve meyve bahçelerine daldıkları heyecanlı koşuşturmalardan oluşan konuşmaları, sabah yaşadıkları garip tartışmayı unutturmuştu ki üzerinde kırmızı bir hırkası bulunan, kısa boylu, saçlarına aklar düşmüş, kırışık sevimli bir yüzü olan kadın masalarına yaklaştı ve gülümseyerek "Merhaba gençler!" dedi. Bu arada kadının koynundaki kırmızı taşlı kolye Serkan'ın dikkatini çekmişti.

Serkan ve Harun aynı samimiyetle cevap verdikten sonra İffet Teyze, sandalyelerden birine oturdu. Bu arada Harun'da Serkan'ı, İffet Teyze ile tanıştırıyordu. Tanışma faslı bittikten sonra kadın Serkan'ın fincanını ters çevirip, gözlerini kısarak kahve fincanının içinde oluşan şekillerin anlamlarını okumaya başladı. Önce sessiz bir şekilde içinden okuyor gibiydi İffet Teyze. Ardından birden Serkan'a baktı, gülümsedi ve önce bir soru sordu. "İkizler misin sen?"

Serkan bunun üzerine biraz şaşırdı. Ardından " Evet! Ama iki yüzlü değilim." diye cevap verdi ve gülümsedi.

"İkizler iki yüzlü değildir zaten. Sadece ani karar değiştirirler, hepsi bu." dedi İffet Teyze. Daha sonra elindeki fincana bir kez daha bakıp, konuşmaya başladı.

"Kısa zaman önce birine yardım etmişsin. Yaptığın yardım o kişinin hayatını değiştirmiş."

Serkan kadının sözlerinden sonra rahatladı. Çünkü az önce burcunu tahmin ettiği kadının şu an söyledikleri kafasında hiçbir şey çağrıştırmıyordu. Bir ara "Dediğin gibi olmadı. Kimseye yardım etmedim." diyecek olduysa da sonunda sessiz kalmayı tercih etti. Bu arada kadının boynundaki kolye gözüne takılmaya devam ediyordu.

İffet Teyze'de konuşmaya "İşinden pek memnun değilsin." diye devam etti. Bunun üzerine Serkan "Evet." dedi. Harun'da bir zafer daha kazanmışçasına gülümserken Serkan içinden söylenmeye başladı: "Türkiye'de kaç kişi yaptığı işten memnun ki zaten."

"Hayatımda baktığım en ilginç fallardan biri bu. Evet oğlum! Yakın zamanda, hayatında büyük değişiklikler olacak."

"Mutlaka öyledir. Zaten tüm falcıların olmazsa olmaz lafı değil mi bu?" dedi bir kez daha içinden. Sonra da kadına dönüp, "Nasıl bir değişiklik? Evlilik filan gibi mi?!" diye gülerek sordu. Harun da ona katıldı. Ama kadın gülmedi. Ve sözlerine devam etti. "Bilmiyorum oğlum. Bir insanın hayatını sadece evlilik değiştirmez. Belki hayatının kadınını bulursun, belki hayatının işini ya da..."

Serkan kadının söylediklerinden sonra duraksadı. Şu ana kadar kadının anlattıkları onun için hiçbir şey ifade etmese de karşılık verme gereği duydu. "Peki hangisini bulacağım orada yazmıyor mu?"

"Aslında bu fincanın içinde hiçbir şey yazmaz. Sadece bulutlar gibi şekiller vardır. Ben de bulutlara bakar gibi şekillere bakarım ve bana ne hissettirirlerse onu karşımdakine söylerim." diye cevap verdi yaşlı kadın.

"O zaman herkes farklı anlamlar çıkarmaz mı? Mesela, ben bulutlardan birini uçağa benzetirim ama başka biri de balığa benzetebilir değil mi?" Serkan'ın şüpheci soruları kahve falını ilginç bir hale getirmişti ki kadın acı acı gülümsedi ve tekrar konuşmaya başladı.

"Kahve falına bunun için ben bakıyorum zaten. Yoksa arkadaşın Harun'da senin falına bakabilirdi değil mi? Tabii ki kahve falına bakanlar bazı farklı anlamlar çıkartabilir. Söylediklerim yanlışta çıkabilir. Ama hiç kimse benim geçmişi okuduğumu ve geleceği gördüğümü söylemiyor zaten. İlk sorduğun soruya gelince aslında falına baktığım kişinin karşılaşacağını düşündüğüm değişikliklerin ya da olayların, iyi ya da kötü olduğunu hissedebilirim. Ama seninkinde böyle değil. Köprü ya da yol ayrımı gibi bir şey var. Ve burada karşılaşacakların değişimin başlangıcı. İyi ya da kötü olduğu belli değil. Sanki birbirine girmiş gibi."

"Anladım." dedi Serkan. Daha sonra bir soru daha soracak oldu ki İffet Teyze ondan önce davrandı. "Zaten sen söylediklerime inanmıyorsun değil mi?" Serkan mahcup bir şekilde başını "Evet!" anlamında sallayınca kadın sevecenlikle devam etti. "Her şeyi bilseydim olmazdı zaten. Neyse söylediklerimi kafana takma o zaman. Hayatına devam et."

Ardından Harun'un fincanını almıştı ki Harun müdahale etti. "Sağ ol İffet Teyze. Ben baktırmayacağım. Geçen baktığımda şansımın döndüğünü söyledin. Tüm paralar lotoya gitti." dedi gülerek. İffet Teyze'de Harun'un söylediklerinden sonra gülümsedi. Sonra da "Sen de biraz arkadaşın gibi davran o zaman." dedi.

İki arkadaş kafeyi terk edip, dışarı da esen rüzgarın tadını çıkartarak yürürken Serkan, Harun'a "Gerçekten, tüm paranı lotoya mı yatırdın yoksa?" diye sordu. Bunun üzerine Harun derin bir nefes alıp, "Yok be!" dedi. Ardından gülümseyip, "O kadar da saf değiliz herhalde!" diye ekledi. Serkan da arkadaşına katıldıktan sonra "Tabii oğlum" dedi. "Kafasına göre sallıyor işte. Burcumu bildi gerçi ama... Zaten burçlara da inanmadığım için onun bir önemi yok. Bir de birine kısa zaman önce yardım etmişim. Onun hayatı değişmiş. Hayır böyle bir şey olmadı. Kısa zaman sonra da önemli bir şeyle karşılaşır mıyım? Orasını Allah bilir! Zaten kusura bakma ama Kahve falına inananın fincan kadar aklı yoktur!"

Bunun üzerine Harun "Eğlence ulan işte!" dedi. O gece iki arkadaş sabah yaşadıkları olayı unutup, birbirlerine takılmaya devam ettiler. Daha sonra da sabah olunca Serkan, otobüse binip, İstanbul'un yolunu tuttu. Harun ise bir müddet daha ailesiyle kalacağını söyledi ve kasabada kaldı.

Bölüm 4 - SOFYA

İstanbul - 1974

"Hoş geldin yakışıklı!" diye seslendi Genelev' in girişindeki kadın. Şişman vücuduna giydiği askılı elbisesi ve kısa kızıl saçlarının uyumsuzluğu, şişkin suratındaki şirin olmaya çalışan samimiyetsiz gülüşüyle doğru orantılıydı. Görevi; gelen müşterileri karşılamak, ve gelenlerin sahip oldukları paraya bakarak; uygun kişiyi seçip, odalara yollamaktı. Buraya gelenlerin kendisini ilk gördüğünde, "Acaba içeridekiler de böyle midir?" bakışını sezdiğinde sinirini gizleyemez ve samimiyetsiz gülüşü hemen suratından kaybolurdu. Oysa şu anda karşısında duran adam; şu ana kadar gördüğü en yakışıklı adam olmasına rağmen onun suratında böyle bir ifade yakalayamayınca iyice keyiflendi. Genç adam, kadının karşılamasına cevap vermemiş, ağır bakışlarla etrafı süzerken; kadının kendisine çevirdiği şüpheli bakışları görünce konuştu. "Korkma! Polis filan değilim."

"NE KORKACAĞIM CANIM! Bizim zaten çalışma ruhsatımız var yakışıklı. Asıl sen korkma!" diye cevapladı olgun kadın. Ardından da; "Senin kadar yakışıklı biri bile bizi tercih ediyorsa; herhalde oldukça zor durumda kalmıştır." dedi.

"Aslında sandığın kadar kötü değil durumum." diye cevapladı adam. Ensesine kadar uzanan siyah saçları aynı renkteki gözleri ve yay gibi orantılı kaşlarıyla gerçekten de yakışıklı biriydi. Ama kara gözlerinde rahatsız edici bir bakış da hissediliyordu. Kadın adamın sözlerinden sonra, "Peki ne öyleyse durumun?" diye sordu. Bunun üstüne adam konuya girdi. "Bu civarda diğerlerine göre çok daha iyi olduğunuzu duydum. Bende aradığım özellikleri burada bulabilir miyim diye size geldim."

"Evet." dedi kadın. "Yalnız bu civarda değil, Türkiye'de en iyilerden birisiyiz. Benim kızlarım gibilerini hiçbir yerde bulamazsın. Aradığın özellikler nelermiş bakalım? Onu söyle."

Adam, kadının; mallarını öven pazarcı gibi konuşmasını görünce gülümsedi. Sonra da "Bin küsur yıldır aslında fazla değişmemiş Dünya!" diye düşündü. Şu anda karşısındaki kadının eski tarihlerdeki köle tüccarlarından gram farkı yoktu. Gülümsemesini sonlandırınca cevap verdi. "Balkan kökenli birini arıyorum. En fazla yirmi bir yaşında ve bakire olacak."

"Bakire mi?" diye durakladı kadın. Ardından gür bir orospu kahkahası attı. "Nerede olduğunun farkında mısın yakışıklı? Bizde ne arar bakire kız? Sen yanlış yere gelmiş olmayasın!"

"Nereye geldiğimin farkındayım." dedi adam. Ardından ekledi. "İyi düşün. Belki vardır böyle biri. Bir de şunu eklemeyi unuttum. Tahmin edemeyeceğin kadar çok param var."

Kadın para lafını duyunca bir anda gülümsedi. Hırslı bir gülümsemeydi bu. Sonra konuşmaya başladı. "Normal şartlarda burada söylediğin gibi biri olması imkansız. Ama dün gece bir kız geldi. On sekiz yaşında. Romanyalı ve Bakire. Talipleri çok. Ama parana göre bir şey yapabiliriz." dedi.

"Kaç para istiyorsan o kadarını vereceğim." dedi adam. Kadın ücreti söyleyip, "Yalnız peşin!" deyince, cebinden çıkardığı bir tomar parayı masaya bıraktı.

Yaşlı kadının gözleri faltaşı gibi açılmış masadaki paraya bakıyordu. Adama tam oda numarasını söyleyecekti ki bir anda kendisine hakim oldu. Ve konuşmaya başladı. "Onu tanımıyorsun değil mi? Sakın yanlış bir şey yapmaya kalkma!"

Adam bunun üzerine güldü ve "Kesinlikle." dedi. Ardından ekledi. "Balkan kızları hakkında güzel şeyler duydum ve size geldim. Buradan çıktıktan sonra benim kadar zengin arkadaşlarıma ne diyeyim sence? Ya çok şanslı bir adamım. Ya siz çok iyisiniz? Hangisi?"

"İkisi de canım." dedi kadın. "Bu arada oda numarası Dokuz. İlk giren erkek sen olacaksın!"

Adam bunun üzerine gülüp; yüzünü çevirdi. Merdivenlerden yavaşça çıkarken az önce suratında oluşan gülümseme tamamen kaybolmuştu.

Genç kız oturduğu yataktan, ürkek gözlerle odayı süzüyordu. Üstüne zorla giydirdikleri açık mavi askılı elbise ve rengarenk daracık bir şort alışkın olmadığı bir elbise tarzıydı. İri gözleri ağlamaktan şişmiş, alnına düşen kâkülü terden nemlenmişti. Yazın ortasında, odanın içerisindeki sperm kokusu o kadar yoğundu ki, bir ara kusacak gibi oldu. Ardından kendini topladı. Romanya'da zorda olsa canını kurtarıp, Bulgaristan'a kaçabilmişti. Ama hakkında söylenenler peşini orada da bırakmamış, ve canlı canlı yakılacakken son anda kendini Türkiye'de bulmuştu. Ama bahtsız kaderi Türkiye'de de peşinden gelmiş, ve kendini son olarak Genelev' de bulmuştu. Burada çok daha çaresiz hissetmişti kendisini. Dışarıdaki izbandut kılıklı iki adamdan kurtulmayı başarsa da gidebileceği yer başka bir Genelev' den ötesi olmazdı. Bu karamsarlıkla boğulurken bir anda odanın kapısına yaklaşan ayak sesleri duydu. Çok geçmeden sesler artmış, kapı kolu çevrilirken sadece kurtulmayı diledi.

Saniyeler sonra kapı açılmış, genç ve yakışıklı adam odaya girmişti. Adam önce dikkatle süzdü genç kızı. Ardından samimi bir şekilde gülümseyip, "Merhaba Sofya!" dedi. Kullandığı dil, Romence'ydi. Sofya'nın iri gözleri şaşkınlıktan bir kat daha açılmıştı şimdi. Burada kendisine verilen ad, yanılmıyorsa; "Hale." gibi bir şeydi. Ama karşısındaki genç adam adını söylemekle kalmamış üstelik Romence Merhaba da demişti. Adamı tanıyamayınca hiçbir şey diyemedi Sofya. Hala bakıyordu ki, adam konuşmaya devam etti. "Korkmana gerek yok. Buraya sana yardım etmeye geldim."

Sofya, şaşkınlığını sürdürürken, "Adımı nereden biliyorsun?" diyebildi. Bunun üzerine adam, içeri birkaç adım attıktan sonra devam etti. "Hakkında çok daha fazlasını biliyorum. Seni uzun zamandır takip ediyorum. Ülkende birkaç insanın ne zaman öleceğini bildiğin için sana Cadı dediklerini de biliyorum. Bir anda ortaya çıkan Sara nöbetlerini de biliyorum. Birkaç bağnaz tarafından diri diri yakılacakken son anda Bulgaristan'a oradan da buraya geldiğini iyi biliyorum. Çünkü sen fark edemesen de ben hep seni izliyordum."

"Kimsin sen?" diyebildi Sofya. "Ben bunların olmasını istemedim. Hiçbirini, onların hiçbirini. Ama kimseye anlatamadım. Onların benimle uğraştıklarını anlatamadım." diye ekledi.

"Adım Zervan. Kim olduğumu düşünme. Sana anlatsam da anlayacağını sanmıyorum. Seni rahatsız edenlere de danışabilirsin belki ileride; ama emin ol onlarında benim hakkımda hiçbir fikri yok. Bu arada rahatsızlığın konusunda endişelenmene gerek yok. Seni onlardan rahatlıkla kurtarabilirim." dedi Zervan.

Sofya küçüklüğünden beri kimsenin göremediği, görmekte istemediği varlıklarla bağlantı kurmuştu. Kendi isteğine bağlı olmadan oluşan bu bağlantı sayesinde tam dört kişinin öleceğini önceden bilmişti. Yalnız bunları istediği zaman öğrenemezdi. Sadece bu varlıklar yakınında bir yerlerde kendi aralarında konuşurken; o da kulak misafiri olurdu. Beş altı yıl önce bir gece; gördüğü rüyasında, kendisini rahatsız edenlerin sayısının üç olduğunu öğrenmişti. Tabii kendisinden ne istediklerini de. Tek istedikleri Sofya'nın ölümüydü. Ne zaman olacağını bilemedikleri bir ölüm. Ondan kendisini öldürmesini istemişler, istediklerini alamayınca birçok insanın esrarengiz diye nitelendirdiği olaylar çıkarmışlardı. Evlerde yangınlar, belirsiz krizler, kötü kabuslar, hareket eden eşyalar ve daha niceleri... Halkın gözünde bunların tek sebebi Sofya olarak gösterilmişti. Sofya yaşananlardan çok etkilenmiş ve birkaç kez intiharı düşünmüştü. Zaten son iki yıldır da bulunduğu yere zarar vermekten ve kendisini rahatsız etmekten başka hiçbir şey yapmamıştı bu varlıklar. Onların etrafında olduğunu hissettiği enerjiden anlamayı öğrenmişti sonraları. Ama şimdi bu enerji çemberinin Zervan odaya girdikten sonra dağıldığını fark etti. Ondan yayılan enerji hepsini bastıran çok daha güçlü bir enerjiydi çünkü.

Sofya şimdi bakışlarını Zervan'a çevirirken, "Beni onlardan nasıl kurtaracaksın?" diye sordu. Zervan, Sofya'ya gülümseyip, cevap verdi. "Orasını dert etme! Seni onlardan rahatlıkla kurtarabilirim. Tabii ilk önce benimle olduğunu bilmem gerek" dedi.

"Anlamadım." dedi Sofya. Zervan hemen cevap verdi. "Senden isteyeceğim tek şey yeteneklerini benim isteklerim doğrultusunda kullanman. Benimle olursan, hayatına bir Kasaba'da devam edeceksin. Ve yeteneklerinle oradaki insanları kendine çekeceksin. Tek yapmanı istediğim, o insanların saygısını kazanarak, Misafir Kabul Etmez Köyü hakkında bilgi edinmen. Ve kasabadaki insanların O Köy' den nefret etmesini sağlamak."

Zervan' ın konuşmasını şaşkın bakışlarla dinleyen, Sofya "Hiçbir şey anlamıyorum." anlamında mimik yapınca, Zervan devam etti. "Söylediklerimin karışık geldiğini biliyorum. Ama yapman gereken her şeyi öğreteceğim sana. Senin yeteneklerin karşısında herkes sana korkuyla karışık saygı duyacak. Ve o köylüler hakkında tüm söylediklerine inanacak. Ve en sonunda sonuca ulaşırsak, elde edeceklerimizi tahmin bile edemezsin."

"Senden rahatsız oldular. 'dedi. Sofya en sonunda. Bu arada Zervan' ın odaya girmesiyle yaşadığı şaşkınlık ve korku da giderek artıyordu.

"Benimle olursan böyle bir lükse sahip olamayacaklar." dedi Zervan. Ardından devam etti. "Kafan da oluşan soru işaretlerinin benim üzerimde yoğunlaştığının farkındayım. Yersiz korkulara kapılmana gerek yok. Ben de tıpkı senin gibi bu evrendeki özel belki de hatalı varlıklardan biriyim. Şu anda bir seçim yapman lazım. Zaman azalıyor. Ya da hiçbirini seçme ve teklifimi geri çekip, buradan ayrılayım. Hem sanırım benden sonra buraya girmeyi bekleyen şişman ve kel biri daha vardı."

Sofya karşısındaki adamdan iyice tedirgin olurken, Zervan da son sözlerinden sonra Lambadan çıkan Cin olmadığını iyice kanıtlamıştı. Sofya, karşısındaki varlığın açık sözlülüğüyle ettiği sözler sonunda kalbinin hızlıca atışlarına engel olamıyordu şimdi. Yağmurdan kaçarken, doluya yakalanmak gibi bir histi yaşadığı. Karşısındaki İnsan gibi görünen ama gerçekte ne olduğu belirsiz olan bu yaratık, açık bir şekilde hayatına kendisinin emrinde devam etmesini istiyordu.

Aklı soru işaretleriyle dolup, taşarken "Sana Güç vaat ediyorum." dedi Zervan. "Ya da istersen teklifimi geri çevir. Ve etini pazarlayarak hayatına devam et Hale!" diye eklemişti ki;

"Seninleyim." dedi Sofya. Zervan' ın söylediklerini kabul etmekten başka bir çaresi olmadığını anlamıştı.

Zervan memnuniyetle gülümserken, "O halde ben de sana karşı ilk sorumluluğumu yerine getireceğim." diye konuştu. "İstediğin onlardan tamamen kurtulmaksa, bunu hemen yapabilirim. Ama senin için hemen yapabileceğim bir şey daha var."

"Nedir o?" diye sordu Sofya.

"İstersen hayatın boyunca onların sana itaat etmesini sağlayabilirim. Zaten sen onlardan daha güçlüsün. Tek yapman gereken zincirleri eline almak. Zincirleri eline aldığında, onlardan faydalanabilirsin. İstersen onları kölelerin yapabilirim."

Sofya bir an sessiz kalınca, Zervan devam etti. "Hatırla Sofya. Dokuz yaşındaydın. Annen seni evde yalnız bırakmıştı. Eve döndüğünde elbisesinin yandığını görünce nasıl sinirlenmişti değil mi? Sen yapmadığını söylediğin halde dayak yemiştin. Üstüne üstlük bir de ahıra kilitlemişti seni." Sözlerini henüz tamamlamıştı ki, "Onları kölem yapmanı istiyorum." diye haykırdı Sofya.

Zervan tekrar keyifle gülümserken, "Peki." anlamında kafasını salladı. Ardından Sofya'nın o gün hiçbir kelimesini anlayamadığı bir şekilde konuşmaya başladı. Tüm dikkatiyle cebinden çıkardığı kırmızı taşlı kolyeye efsunlu cümleleri söylerken bir yandan da kolyenin ipini düzeltti.

Daha sonra Sofya'ya yaklaşmasını işaret edip kolyeyi boynuna taktı. Sofya tüm dikkatiyle Zervan' ı izlerken, Kırmızı taşlı kolye boynundan dolanıp, göğsüne indiğinde gücü hissetmişti şimdi.

ZERVAN' IN ENERJISINDEN öte kendinden yükselen bir enerjiydi bu. "Affedin bizi!" diye bir ses duymuştu yakınlardan. İlk önce tek bir ağızdan sonra da üç ağızdan tekrarlanan bir yakarıştı bu. Artık, Zervan' a daha bir kendinden emin bakarken, Hükmetme Gücü'nü iyice kavramıştı.

Bir an olanlardan sonra başı dönerken, Zervan "Buradan bir an önce çıkmamız lazım." diyerek onu kendisine getirdi.

Gökyüzünün tam ortasında beliren güneş; Tophane yolunun ortasında yürümekte olan iki gölgeye sözünü geçiremiyordu. Bu arada anayola bağlanan ara sokaklardan birinden yükselen duman, gökyüzünü işgal etmeye devam ederken; alevler, yaklaşık yirmi dakikadır genelev olarak adlandırılan eskimiş köhne binayı esir almıştı. Zervan ve Sofya caddede telaşla koşuşturan insanların arasından yürümeye devam ederken; Zervan, "Bu yapabileceklerinin en basitiydi. Yangın çıkarmak, emrindekilerin en sevdiği işlerden biridir." dedi.

Sofya çok değil yaklaşık yirmi dakika kadar önce odaklandığı üç noktadan binanın ateş almasını istemiş, ve yangın giderek büyümüştü. Bunu kendisinin yaptığına inanamazken, "Dumanların arasından yürüyerek çıktık. Ama bizi hiç fark etmediler." diye söylendi. "O da benim gösterimdi." dedi Zervan. Ardından devam etti. "Ama seni ortalığı ateşe vermen için çıkarmadım. Çok daha sessiz bir şekilde halledebilirdik. Yine de bunu yapabileceğini görmen açısından önemliydi."

Kısa bir süre sessizlikle geçildikten sonra, Sofya giderek, Zervan'a ısındığını fark etti. Boynundaki kırmızı kolyeyi sıkıca kavrarken; "Sence ben Cehenneme gider miyim?" diye sordu.

Zervan, şaşkınlıkla bakınca, sorusunun içeriğini açıkladı. "Doğduğum günden beri herkes beni lanetlenmekle suçladı. Birçok kez öldürmek, diri diri yakmak istediler. Elimde olmayan bir durumdu bu. Geceler boyu ağladım. Tanrı'ya bana yardım etmesi için yalvardım. Ama bana yardım etmek için Şeytan geldi. Bana yardım eli uzatan sadece oydu. Ve şimdi seninleyim. Sence ben Cehennemi hak edecek ne yaptım?"

Sofya sözünü bitirince, Zervan ağzını kocaman açıp, kahkahalara boğuldu. Ardından konuşmaya başladı. "Sen gerçekten de yanıltmayacaksın beni. Açık sözlü olman güzel. Ama yine de beni ona benzettiğin için üzüldüm. Şeytan; insanların ayağına gelmeyecek kadar kibirli biri." dedi. Sonra devam etti. "Benimle karşılaşan tüm insanlar Şeytan'la tanıştıklarını sanmıştır. Bunun nedeni, tabii ki kendilerini melekleri hak edecek kadar iyi biri bulmamalarında gizli. Ama ben ondan çok daha eli açık biriyim. Kendimi insanlardan üstün görmeyecek kadar da alçakgönüllüyüm."

Sofya, Zervan' ı dinledikten sonra "En azından Şeytan'la birlikte değilim." diye düşünüp, rahatladı. Sonra, "Kasaba' ya ne zaman gideceğim?" diye sordu.

"Bu defa ciddi bir soru sordun!" dedi Zervan. Ardından konuşmaya başladı.

"Öncelikle Türkçeyi öğrenmen şart. Ve İslam hakkında her şeyi öğrenmelisin. Bu, Kasabadaki insanları etkilemenin temel yolu. Merak etme yapman gereken her şeyi, O Kasabada ne olduğunu, neyi istediğimizi, başardığımızda neler olacağını... Yani her şeyi anlatacağım sana. Ama ilk önce sana Türkçe bir isim bulmamız lazım."

"Orada Hale diyorlardı bana." dedi Sofya. "O olmaz." dedi Zervan. Ardından birkaç saniye düşünüp, "Buldum." diye haykırdı. "Geneleve düşmene rağmen Bekaretini hala koruyorsun. Bu özellikle bu ülkede gerçekten de büyük başarı. Senin adın, artık İffet olsun. Böylece İffet'in anlamı her aklına geldiğinde, benim sana ettiğim yardımı da unutmazsın." dedi.

"İffet." dedi Sofya. Ardından da "İffet." diye tekrarladı.

Bölüm 5 - ÜÇ VAKİT

İstanbul...

Bugün...

Uzun boylu, şekilsiz siyah saçlara sahip, ve her iki yanağında da kendisine sempatik bir hava katan gamzeleri olan genç adam, saat gecenin onunu gösterirken Şişhane'den Unkapanı'na doğru yürümekteydi. İstiklal Caddesinde bulunan büyük kitapçıda asistan olarak çalışıyordu Serkan. Okulunu bitirdiği bölüm ona henüz bir çalışma olanağı yaratamamasından dolayı haftanın beş günü sekiz saat bu kitapçıda çalışırdı. Hafta sonları ise bazen tatil yaparken, bazen de öğrendiği işi yani günlük kazı çalışmaları yaparak kendisine ekstradan maaş sağlardı. Haftanın beş günü insanlara kitap öneren bu adamı, hafta sonları bir lağım çukurunu kazarken görebilirdiniz.

Herhangi birinin isteyeceği standart bir iş değildi bu onun için. Çoğu insana göre güzel bir mekanda hiçbir iş gücü gerekmeksizin kitapçıda çalışmak, tarihi kazılar yapmaktan iyi gelebilirdi. Ama oldukça sıradan gözüken bu işi yaparken hiç keyif almamıştı. Asistanla, Arkeolog arasındaki farkı iyi bilirdi. Tarihi kazılarla, lağım kazmak arasındaki farkı bildiği gibi...

Her ne kadar hafta sonundan kalma bir yol yorgunluğu olsa da, bu gece evine otobüsle gitmek istememişti. Kafasına takılan önemli olayları düşünmek ya da bir dönüm noktasına geldiğinde karar verebilmek için uzun yürüyüşler yapmayı tercih ederdi. Bunun nedeni ise garip bir şekilde yürürken daha iyi düşünebildiğini fark etmesiydi. Sessiz bir patikanın ortasından ya da büyük bir kalabalığın arasından yürürken kendisini dış ortamdan soyutlar ve kafasının içinde düşündüğü olaylara konsantre olurdu. Ya da büyük bir zevkle hayaller kurardı. Bu nedenle arkadaşlarından sık sık "Geçen gün yanından geçtim. Bırak selam vermeyi, dönüp bakmadın bile!" şeklinde tepkiler alırdı. Bu akşam da düşünmek ve hayallere dalmak için evine yürüyerek gitmeyi tercih etmişti. Ve şimdi Unkapanı Köprüsünde yürümeye başlarken kafasını gayrı ihtiyari Haliç'e çevirip, söylendi: "Neyse ki eskisi gibi bok kokmuyor!"

Garip bir şekilde ciddiye almamış olsa da son iki gündür Harun'un anlattıklarıyla meşgul oluyordu zihni. Bir yandan arkadaşının daha önce şakayla karışık anlattığı şeyleri aslında bütün ciddiyetiyle kabul ettiğini görmüştü. "Delirmiş gibi!" diye fısıldadı. Çocukluk arkadaşının bu hale nasıl geldiğini düşününce ürperdi. Kasaba da anlattıklarından sonra gittikleri Kafe de falcının anlattıkları zırvalıklarda bile itiraf edemese de kendisine bir şeyler ispat etmeye çalıştığını gözünden kaçırmamıştı. Derin bir nefes alıp, "Umarım ne yaptığını biliyorsundur." diye fısıldamıştı ki arkasından bir ses duydu.

Yanlış duymadıysa "Affedersiniz. Bir saniye bakar mısınız?" şeklinde duymuştu bu sesi. Ve bir kadın sesiydi. Serkan istemsizce arkasını döndüğünde karşısında alnına düşmüş kâküllü kumral saçları olan, parlak, iri gözlü -ama şu anda endişeli bakışlara sahip- lacivert, kırmızı ve beyazlı renklerden oluşan elbisesinin içinde Unkapanı Köprüsünün ortasında rüyalardaki kadar etkileyici görünen güzel bir kadın buldu. Birkaç saniye olduğu yerde kalakaldıktan sonra "Buyurun." diyebildi. Bunun üzerine kadın utangaç ve birazda sıkılgan bir şekilde gülümsedi ve "Siz Beyoğlu Hayal Kitapçısında çalışıyorsunuz değil mi?" diye bir soru sordu. "Evet." dedi Serkan. Sonra "Sizi tanıyor muyum?" diye karşı bir soru sordu. Şaşkınlığı devam ediyordu ki kadın tereddütlü bir cevap verdi. "Hayır. Tanımıyorsunuz."

Serkan bu defa "O halde Nasıl yardımcı olabilirim?" diye soracakken genç kadın önce davrandı ve "Acaba sizden küçük bir yardım isteyebilir miyim?" diye sordu. Serkan "Tabii ki." diye cevap verince kadın bütün sıkılganlığıyla konuşmaya başladı. "Biliyorum çok saçma olacak ama... Mecidiyeköy'den otobüse binmiştim. Ama trafik o kadar bunalttı ki, Şişhane'de kendimi dışarı zor atabildim. Midem çok bulandı, ben de yoluma biraz yürüyerek devam edeyim dedim. Rüzgarın esişine aldandım sanırım. Yalnız köprü çok tenha ve şu ilerideki adamın bakışları biraz beni korkuttu da... Sizi de tanıyabildim. Biliyorum çok saçma geldi. Lütfen yanlış anlamayın."

Serkan kadının sözlerinden sonra başını önündeki kaldırımlı yola çevirdi ve elli metre kadar ileride kendilerine bakan ve uzaktan yüzü tam seçilemeyen adamı fark etti. Daha sonra arkadaşlarının sitemlerinde haklı olduğunun farkına vardı. Şu ana kadar ne arkasından gelen kadını ne de vücudu denize ama başı kendilerine bakan adamı fark edebilmişti. Sonra birden bire kasabadaki falcının söyledikleri geldi aklına. "Bir köprü ya da yol ayrımı gibi bir şey mi demişti bu kadın!" Aniden tüyleri ürperince kendisinden cevap bekleyen kadına döndü. Ve dili dolaşsa da sonunda anlamlı bir şeyler çıktı ağzından. "Ta.. ta.. Tabii ki. Yardımcı olurum. Lütfen buyurun."

Kadın utangaç bir şekilde gülümseyip, teşekkür etti. Ardından yolun geri kalanını birlikte yürüme başladılar.

Serkan normal bir zamanda böyle bir şeyle karşılaşsa dikkatini herhalde kadına verirdi. Oysa şimdi ıssız köprü de yürümeye devam ederlerken dikkati yaklaşmakta oldukları adam ve falcının söyledikleriyle meşguldü. Yanlarından vızır vızır geçen arabalar da dikkatini bozmaya yetmiyordu. Hiç konuşmadan yürümeye devam ediyorlardı ki Serkan bir an kadının ismini soracak oldu sonra yaklaştıkları adamı fark edince vazgeçti. Herhangi bir tehlikeye karşı bir ara arkasına baktı ve yaklaşık yüz metre kadar arkalarında kalan alkolik balıkçıları gördü. Burunlarının dibinde de olsalar onlardan bir yardım gelmeyeceğini iyi biliyordu. Birkaç saniye sonra adamın yanından geçerlerken adamı baştan aşağı süzdü. Ensesine kadar uzanan siyah saçları ve uzun paltosuyla hiçte sokakta kalan adamları andırmıyordu bu adam. Hatta oldukça temiz bir görünüme de sahipti. Zaten ilk yaklaştıklarında kendilerine şöyle bir bakmış, ve sonra da bakışlarını denize çevirmişti.

Serkan şimdi arkalarında kalan adamı kastederek "Onu tanımıyorsunuz değil mi?" diye sordu. Kadın "Hayır... Hayır!" diye cevap verdi. "Biliyorum yersiz bir korkuydu. Ama bu saatlerde sokakta tek başına dolaşan bir kadın, İstanbul için fazla cesur sanırım. Bundan sonra otobüsün içinde ne kadar bunalırsam, bunalayım kendimi dışarı atmamalıyım herhalde." dedi ve gülümsedi. Serkan da gülümseyerek katıldı. Sonra hiçbir soru sormadı. Kendisinden yardım isteyen ve hiç tanımadığı bir kadına belirsiz sorular sorup, yağmurdan kaçayım derken doluya tutulmak hissini kadına yaşatmak istemiyordu. Ya da bir anlamda falcının söylediklerinin hiçbir anlamı olmadığına inanmak istediği için böyle bir karar almıştı. Zaten çok geçmeden de köprü yolu bitti ve Serkan kadınla kendisinin farklı yollara gideceğini fark etti. Bundan sonra kendisi Unkapanı'na doğru devam ederken kadın Eyüp tarafına dönmüştü. Ama tabii öncesinde kadın Serkan'a dönüp, "Sanırım artık şuradan otobüse binmem gerek." deyip, gülümsedi. Serkan "Bence de." diye eklerken genç kadın samimi bir şekilde son defa "Yardımınız için çok teşekkür ederim." dedi ve elini uzatıp, "Az kalsın unutuyordum. Adım Gül." diye konuştu. Serkan gülümseyerek "Rica ederim." dedi. Sonra da "Memnun oldum. Ben de Serkan. Hafta içi bir gün kitapçıya gelirseniz tekrar görüşürüz." diye cevap verdi. Son bir "Umarım." cevabının ardından yollar ayrıldı.

Serkan artık evine doğru yürümeye devam ederken çok farklı hisler içindeydi. Ne kadar da belli etmemeye çalışsa Gül'den etkilendiği gerçekti. Ama falcının sözleriyle bir şey olmasını da kabullenmek istemiyordu. Bir an bunları düşünüp, gülümsedi. Ardından da "Acaba burada telefonunu mu almam gerekiyordu?" diye söylenip, kahkaha attı. Sonra da "Aptal bir falcının salladığı iğrenç bir tesadüf o kadar." diye eklemişti ki arkasından acı bir ses duydu. İnanılmaz tizlikte çıkan ses sebebiyle bir anda yerinde sıçradı. Arkasını döndüğünde ise şoka uğradı.

Birkaç dakika önce yardım ettiği, köprüyü birlikte yürüdüğü ve henüz adının Gül olduğunu öğrendiği genç kadın hızla giden arabanın çarpmasıyla yere yuvarlanmıştı şimdi. Daha da korkuncu çarpan arabanın birkaç saniye duraksadıktan sonra hızla uzaklaşmasıydı. Serkan bir ara etrafına baktı. Kendisinden birkaç metre uzakta olan bir iki sokak serserisi dışında hiç kimse yoktu. Bir an panikle "Aman Allah'ım!" diye haykırdı. Sonra kararsızca bekledi. Ardından göremese de annesinin ölümü beyninde zonkladı. Sonra tereddüt etmeden genç kadının yanına koştu. Tüm olanlar birkaç saniye içinde olmuştu. Birkaç saniye sonra Gül'ün yanına geldiğinde az önce etrafına ışıltılar saçan yüzünün, yer yer kızıla dönüştüğünü görüyordu. Kendisinden sonra gelen birkaç adam da etrafına "Ambulansı arayalım!" diye bağırırken, kendisi de kadını ayıltmak için uğraşırken birden bağırdı. "Hayır! Durumu iyi değil. Ambulansı bekleyemez. Taksi çağırın çabuk!"

Yaklaşık yarım dakika sonra bir taksi gelince, Serkan kucağına aldığı kadını dikkatle arka koltuğa yerleştirdi. Ardından birkaç saniye tereddütten sonra kendisi de taksiye bindi. Ve taksi hızla hastaneye doğru yol almaya başladı.

Köprü de denizi izlerken, bütün çıplaklığıyla kazayı gören adam, gördüklerinden hiç etkilenmemiş gibi gözüküyordu. Taksinin kaza yerine gelip Serkan'ın Gül'ü hastaneye götürmesini dikkatle izleyip, gülümsedi. Ardından da kaza yerine kadar yürüyüp, asfalt yolun üzerinde bulduğu birkaç saç telini cebine koyduktan sonra; kaldırımlı yolda yürüyerek gözden kayboldu.

Hastanenin girişindeki kırmızı renkli büyük puntolarla "ACİL" yazan kapıdan Gül'ü geçirmesinin ardından bir saat geçmişti. Serkan da bu arada polislere ifade vermiş, ve ona çarpıp giden arabanın plakasını göremediğini söylemişti. İfadesi tamamlandıktan sonra kısa bir süre önce hastaneye ulaşan Gül'ün ailesine geçmiş olsun diledi. Daha sonra kızın durumunu sorduğunda, rahatlatıcı bir cevap aldı. Doktorların söylediğine göre, şu anda Gül'ün vücudunda oluşan kanama durdurulmuş ve hayati tehlikeyi atlatmıştı. Tabii bunda gecenin bir vakti ıssız köprünün dibinde olan bir kazaya rağmen Serkan'ın acil yardımı çok önemli olmuştu. Gül onun sayesinde şu anda iyiydi. Yalnız iç kanama şüphesi nedeniyle birkaç gün müşahede altında tutulması gerekiyordu.

Serkan şimdi hastanenin merdivenlerini ağır ağır inerken oldukça düşünceli bir halde "Kadın doğruyu söylüyordu." dedi. Annesini bir araba çarpması sonucu kaybetmesinin ardından böyle bir benzerlikteki olaya hiç bu kadar yakın olmamıştı.

İKI HAFTA SONRA...

İki hafta içinde yaşadıkları bambaşka biri yapmıştı artık onu. Unkapanı Köprüsünde başına gelenlerden sonra, gözleri elindeki gazeteye dalmış dikkatle gözüne kestirdiği haberi okurken; "Abi!" diye seslendi Sibel. Serkan "He!" diye öylesine seslenince, konuşmaya başladı. "Ya yemeğini yesene! İki haftadır sende bir haller var he. Yemek bile yemiyorsun. Bak senin iştahsızlığın yüzünden ben de yiyemiyorum."

"Ne alakası var ulan. Ye işte yemeğini." dedi Serkan.

"Ya sen karşımda aç gibi yerken benim de karnım acıkıyordu. Şimdi böyle benim de iştahımı kaçırıyorsun. Hadi hadi var sende bir şeyler... Yoksa aşık filan mı oldun?" diye takıldı.

"Aşktan meşkten daha önemli şeyler var Sibel. Hayatı dizi tadında yaşamayı bırak artık. Gazeteye bak!" dedi Serkan. Ardından elinde tuttuğu gazeteyi Sibel'e uzattı.

"Eee ne olmuş?" diyerek isteksiz bir biçimde gazeteyi okumaya başladı Sibel. Ardından Serkan'ın bahsettiği haber görünce, "Aaaa!" dedi. "Bu aşağı ki parkta yaşayan adam değil mi bu? Loto'yu mu tutturmuş?!"

Başıyla Sibel'i onayladı Serkan. Her sabah gazete almaya giderken, muhabbet ettiği, çay ısmarladığı; giyinişine göre oldukça efendi ve kibar bir adamdı Arif. Serkan'da haberi ilk okuyunca Sibel gibi şaşırmış, sonra da sevinmişti. Ama daha sonra aklına gelen birkaç ayrıntı, tekrar iki hafta öncesine götürmüştü onu.

Yaklaşık iki hafta öncesinde falcının söyledikleri gelmişti tekrar aklına. "Kısa zaman önce birine yardım etmişsin. Yaptığın yardım onun hayatını değiştirmiş."

İlk duyduğunda oldukça anlamsız gelen bu cümleyle kadının neyi kastettiğini çok iyi anlıyordu şimdi. Tıpkı diğer söyledikleri gibi...

Evsiz Arif'in kazandığı lotoyu oynadığı günü artık çok iyi hatırlıyordu Serkan. Makinelerin kapanmasına dakikalar kala çoğu insan gibi o da sıraya girmişti o gün. Ama birkaç dakika sonra sıranın ilerlemediğini fark ettiğinde, dükkan sahibinin Arif'in lotosunu oynatmadığını görmüştü. Zavallı adam sağdan soldan topladığı bir avuç kuruşu adama uzatıyor, ama adam uzatılan parayı kabul etmiyordu bir türlü. Hele Arif'in gayet düzgün bir şekilde "Abicim bende sana Türk parası veriyorum. Neden kabul etmiyorsun?" sorusu tekrar tekrar kulaklarında çınlıyordu şimdi. Bu yaşanılanlardan sonra dükkan sahibi, anlayışsız adam "Oynatmıyorum ulan! Git istediğine şikayet et! Hadi git buradan şimdi!" diye bağırmış, daha sonra Arif şansını denemek istediğini söyleyip, adamdan son kez oynatmasını rica etmişti. Sırada bekleyenlerin de makinelerin kapanmasına dakikalar kala homurdanması üzerine adam bulunduğu yerden çıkıp, Arif'i kovacakken;

Serkan arkalardan yetişip, Arif'in elindeki kuruşları almış ve bu paranın yerine adamın istediği gibi bütün para vermiş, ve olayı büyümeden önlemişti. İşte o gün yardım sayılabilecek bu küçücük müdahale Arif'in hayatını değiştirmiş ve onu milyoner yapmıştı şimdi.

Serkan şimdi kahvaltı masasında bunları düşünürken vücudunun ansız ürpermelerine engel olamıyordu. Ama; Sibel'in dediği gibi onu iki haftadır garip hallere sokan, duraklatan ve endişelendiren olay üç gün önce olmuştu. Harun'un hala kasabadan dönmediğini öğrendiğinde, arkadaşını aramış ama bir cevap alamamıştı. Daha sonra ise ailesinden aldığı haberle, Harun'un küçücük kasabada bir haftadır kayıp olduğunu öğrenmişti. Ailesinin kaybolmasıyla ilgili bilgisi olup, olmadığını sorduğunda da ne diyeceğini şaşırmıştı. Bir yandan aklından geçeni yapmış olma olasılığına ihtimal vermiyor, bir yandan da yapmış olması halinde başına bir şey geldiğinden endişeleniyordu. Ama bununla ilgili ailesine hiçbir şey söylememişti Serkan. Son günlerde de arkadaşını; düşündüğünü yapmamak konusunda ikna edemediği için pişmanlık duyuyordu. Bazen de hiç ummasa bile arkadaşının sağ salim çıkıp, geleceğini hayal ediyordu. Tabii ki bu kendisine de söylediği bir yalandı. İki hafta önce onun ne kadar hevesli olduğunu, çıldırmış hallerini iyi hatırlıyordu.

Küçük evlerinde üç yıldan beri sadece abi - kardeş yaşamaktalardı. Babasını hiç tanımamıştı. Annesinin söylediğine göre Serkan iki yaşındayken ölmüştü babası. Annesi de babası öldükten sonra hiç kimseyle evlenmemiş üç yıl öncesinde de bir çarşı pazarı günü araba çarpması sonucu ölmüştü. Annesinin öldüğü, Serkan'ın da okulunun bitmesine iki dönem kaldığı o yıl, Sibel Bolu'da teyzesiyle birlikte yaşamıştı. Serkan'ın okulu bitirip, kitapçıda çalışmaya başlamasından sonra da iki odalı küçük evlerinde yaşamaya devam etmişlerdi. Serkan o zamanlarda çok sıkıntılı dönemlerden geçmiş, ama başta kardeşi Sibel'in varlığı ve Harun'la birlikte diğer arkadaşlarının da yardımıyla zor dönemi atlatmıştı. İki yıl önce de Kocaeli Üniversitesi Arkeoloji Bölümünü bitirmişti. Okuldan mezun olur olmaz hevesle kendisine bir dedektör almıştı. Kısa süre sonra da hayatın gerçeği bütün hevesini kaçırmıştı Serkan'ın. Dört yılda zorlukla bitirebildiği okulun diploması hayatına hiçbir şey katamıyordu bugün. Ama yine de içinde yanan heyecan tam olarak sönmemişti.

Haftanın son gününü kendisine tatil ilan ederdi. Bu günde, genellikle Sibel birkaç kız arkadaşıyla yanına gelip, "Abi. Gezdirsene biraz bizi. Hadi be n'olur!" türü yakarışlarıyla geçerdi.

Şimdi tatsız bir şekilde kahvaltısını yaparken, Sibel'e bakması için verdiği gazeteyi tekrar eline aldı. Uzun zamandır sabahın yedisinde kalkar, parktaki gazete büfesine gider, ve henüz uyanan Arif Abiyle muhabbet ederdi. Aç karnına da olsa adamla birer sigara içer, ve normal hayatta yapmadığı keyifli muhabbetini yapardı. Şimdi onun zengin olduğunu görünce ister istemez garip hissediyordu kendini. Haberi okuduğunda gülümseyerek "Bakalım bir teşekküre gelecek misin Arif Abi." diye söylendi. Sonra da iki hafta önce köprü üzerinde tanıştığı kız geldi aklına. Acaba iyileşti mi diye düşündü bir süre. Fazla vakit geçirmemiş olsa da hatta hayatının kötü bir anına eşlik etse de Gül'ü düşündüğünde bir garip hissediyordu kendini. Yüzünü hala unutamamıştı. Bir süre annesinin ölümüyle bir alakası olduğunu düşündü bu durumun. Sonra da Sibel'in de "Aşık mı oldun?" serzenişlerini hatırlayarak bir an için hoşlandığını itiraf etti kendine. Kahvaltısını kafasını meşgul eden bu olaylarla bitirirken, bir yandan da Sibel'le birlikte masayı topladı. Sonra da banyoda sakal tıraşı olmaya gitti.

Yaklaşık on dakika sonra banyonun kapısından çıkmış elini yüzünü siliyordu ki, kapı çaldı. Sibel şıpıdık terlikleriyle koşup, kapıyı açarken "Herhalde Sibel'in arkadaşlarından biridir." diye düşünmüştü Serkan.

Aradan geçen saniyeler içinde de Sibel'in seslenmesiyle kendine geldi. "Abi. Bakar mısın? Hanımefendinin biri seni soruyor?"

Sibel, seslenince hınzırca güldü Serkan. Sonra da herkesin duyabileceği şekilde "Beklesin bakalım o hanımefendi. Geliyorum hemen yanına şimdi." diye bağırdı. Sibel'in kahvaltıda yaptığı aşk göndermelerinden sonra bu defa da kendisini işletmeye çalıştığını düşünüyordu.

Aradan çok geçmeden gülerek kapıya doğru giderken, "Yemezler kızım." demeyi düşünüyordu ki, gördüğü karşısında elindeki havluyu düşürdü. Suratı şimdi şekilden şekile girerken, kardeşinin gülmemek için yanaklarını şişirdiğini fark etmemişti bile.

Biraz önce nasıl olduğunu düşündüğü, kendisine hoşlandığını itiraf ettiği Gül, Sibel'in açtığı kapının karşısında duruyordu şimdi.

Bölüm 6 - AŞK VE ÖLÜM

Serkan ilk önce şaşırmış bir şekilde Gül'e baktı. Ardından suratında oluşan şaşkınlık yerini aptalca bir gülümsemeye bırakınca zorlukla, "Sen?" diyebildi. Daha sonra durumu toparlayıp; "Siz?" dedi. "İyileşmişsiniz."

"Sayenizde." dedi Gül. Gözlerinin içindeki ışıltı; Serkan'ın şaşkın hareketlerinden sonra tüm yüzüne yayılmıştı. Bir - iki saniye sessizlikten sonra "Adresinizi polislerden aldım. Ve size bir kez daha teşekkür etmek için geldim." dedi.

"Ne gereği vardı. Niye buraya kadar zahmet ettiniz." diye cevapladı Serkan. Ardından Gül'ün kapıda kaldığını fark edince, "İçeri buyurun lütfen. Size bir kahve ikram edeyim." diye ekledi.

Gül bunun üstüne gülerek cevapladı. "Aslında vaktiniz varsa dışarı da ben size bir şeyler ısmarlamak isterim."

SERKAN BIR ANLIK ŞAŞKINLIĞI üstünden atınca, "Ta... Tabii ki var. Bir saniye!" dedi. Ardından panik hareketlerle hemen askılığa koşup, montunu aldı. Bir yandan montu giyerken, diğer yandan da Sibel'in kendisine güldüğünü görünce, "Sibel." dedi. "Sen takıl bugün kendi kafana göre arkadaşlarınla. Sinemaya falan git istersen. Bir şey olursa ararsın beni." diye ekledi.

Sibel de gülen gözleriyle abisini onaylarken, Serkan'ın tam kapıya yönelip, dışarı çıkacağını görünce "Abi." diye seslendi. Ardından da kendisini tanıştırmayı unuttuğunu gösteren bir bakış attı. Serkan bunun üstüne "Ne?" anlamında kafasını salladı. Jeton düşünce, bozuntuya vermeden Gül'e dönüp; "Az kalsın unutuyordum." dedi. "Kız kardeşim Sibel. Sibel bu hanımefendi de Gül. İki hafta önce bir trafik kazası yaşamıştı. Ondan çok kısa bir zaman önce..." demişti ki, "Memnun oldum." dedi Gül. Ardından da "Abiniz hayatımı kurtardı." diye ekledi.

"Ben de." diye cevapladı Sibel. Hemen sonra da "Öyle mi?" bakışının ardından "Geçmiş olsun." dileyip; "Bende iki haftadır Abim..." demişti ki, Serkan bir boğaz temizleme sesi çıkartıp, "Neyse... Kapı açıkken fazla konuşmayalım istersen Sibel. Sesimiz yankılanıyor. Komşuları fazla rahatsız etmeyelim değil mi?" diyerek Sibel'e döndü. Bu arada Gül'ün anlamlı bir şekilde tebessüm ettiğini görünce yüzü kızardı. Sonra da Gül ile Sibel'in "Tanıştığıma tekrar memnun oldum." dileklerinden sonra dışarı çıktılar.

❧❦

BEYAZIT MEYDANI

Cuma günleri namaz çıkışı oldukça kalabalık olan ve diğer günlerde de öğrenci protestolarıyla hareketli olaylara ev sahipliği yapan büyük meydan, Pazar günü çok olmasa da tenha sayılırdı. Birkaç yaymacı, ve camiinin çevresindeki yüzlerce güvercin dışında Serkan ve Gül'den başka yürüyen kimse yoktu. Zaten biraz sonra onlarda meydanın köşesinde bulunan fıskiyenin yanından geçip çay bahçesinde oturmaya karar vermişlerdi.

YAKLAŞIK ON DAKIKADIR çay bahçesinde oturururlarken birbirlerini henüz pek tanımasalar da ikisinin de kanı birbirine ısınmıştı. Hatta sizli bizli konuşmayı da geride bırakmışlardı. Serkan, Gül'ün konuşmasını heyecanla dinliyordu şimdi. "...Araba çarptıktan sonra bayılmışım sanırım. Ama gözlerimi bir kere taksinin içinde açtığımı hatırlıyorum. Seni gördüm. Sonra hastane de uyandım. Yani ne diyeceğimi bilemiyorum. Gerçekten sana çok teşekkür ederim."

"Hiç önemli değil. Açıkçası olanlardan sonra çok talihsiz biri olduğunu düşünmüştüm senin. Baksana bir akşam rüzgarında yürümek için yani az kalsın..." Serkan burada kesti sözünü. Gül de "Öyle vallahi. Allah'tan o gün benimle birlikte sende vardın." diye devam etti.

Serkan, Gül'ün sesindeki pozitif tınıyı fark edince, "Sanırım o da benden hoşlandı." diye düşündü. Sonra da "Ulan hoşlanmasa eve kadar gelmez ki zaten Kazma." diye kendine söylendi. Ardından yüzü keyiflenince muhabbeti devam ettirdi. "Aslında evime kadar gelmene gerek yoktu. Kitapçı da bulabilirdin beni."

"Evet biliyorum da ya alınma ama kitapçı da konuşmak istemedim. Orada biraz ruhum sıkılıyor. Boğucu bir ortamı var." dedi Gül. Konuşurken yüzü mahcup bir hal alınca Serkan gülümseyip, cevap verdi. "Sen bir de bana sor!"

Bunun üzerine Gül'de gülümseyip, "Başka bir yerde çalışma olanağın yok sanırım." dedi. Ardından anlamsız bir laf ettiğini düşünüp, "Kötü bir iş anlamında söylemiyorum. Yanlış anlama sakın!" diye konuştu. Serkan hemen cevap verdi. "Aslında Arkeolojiyi bitirdim. Ama malum burada bu bölümü bitirenlerin çoğu lağım kazıyor sadece. En azından kitapların arasında ruhumu dinleyebiliyorum deyip, entel adam profili çizmeyeceğim merak etme! Sadece fazla güç harcamadan karnımı doyuracak kadar para kazanıyorum. Yoksa yapmam o işi!"

Gül, Serkan'ın söylediklerinden sonra güldü. Sonra da "Eğer öyle deseydin hemen kalkar giderdim valla." dedi. Sonra da "Ben de Halkla İlişkileri bu yıl bitirdim." diye ekledi. Bunun üzerine Serkan "Tahmin etmiştim." dedi. "Konuşma tarzın çok pozitif."

"Teşekkür ederim." diye cevapladı Gül. Bundan sonra da konuşma kendilerinden, ailelerine, hayatlarına ve yaşam tarzlarına kadar uzandı. Konu bir ara dönüp dolaşıp, sevdikleri filmlere gelmişti ki; Gül masanın üzerindeki gazetede açık olan vizyona henüz girmiş aşk filmini gösterip, "Bu filme de çok güzel diyorlar. Sen izledin mi?" diye Serkan'a sordu. Serkan oldum olası aşk filmlerinden nefret ederdi. Genelde evde kardeşiyle birlikte Korku - Gerilim türü filmler seyreder; filmden sonra da Sibel'i korkuturdu. Ama orada o anda yeni tanıştığı birine bu filmlere hobisi olduğunu söylemek istemedi. Sonra da akıllıca bir manevra yapıp; "Evet. Bende duydum. Çok güzelmiş. Ama henüz izlemedim." dedi. Birkaç saniye bekledikten sonra da "İstersen hemen izleyebiliriz." diye ekledi.

Bunun üstüne Gül; biraz da şaşırmış numarası yapıp, "Sen ciddi misin?" diye sordu.

"Evet." dedi Serkan. "Çok ciddiyim. Şurada az ileride Çemberlitaş'ta bir sinema var. İstersen... Tabii vaktin de varsa gidip hemen izleyebiliriz."

Gül, biraz düşünme numarası yapıp, "Aslında..." dedi. Sonra da numarayı fazla uzattığını düşünüp, "Yok ya... İşim yok. Hadi gidelim." diye hınzırca konuştu.

Serkan da derin bir ohh çekip, "Eee. Hadi o zaman." dedi. Ve çay bahçesinden çıkıp, sinemaya gittiler.

GITTIKLERI FILM, HER ne kadar ikinci sınıf bir aşk filmiyse de, Serkan'la, Gül'ü birbirine yakınlaştırmaya yetmişti. Sinemadan çıktıklarında ilk birkaç cümleleri film hakkında sonraki konuşmaları ise günün ne kadar da güzel geçtiği üzerine kuruluydu.

İkilinin keyifli muhabbeti akşamüstüne kadar sürdü o gün. Ayrılırlarken Serkan bu defa Gül'ün numarasını istemeyi ihmal etmedi. Hatta iki gün sonrasına da yeni bir buluşma için randevulaştılar.

Serkan, şimdi evine doğru yürürken sabahın aksine çok mutlu hissediyordu kendini. Bir anda "Kadere bak!" diye fısıldadı. "Allah'ım sana inanıyorum!"

Gül, kalbi güm güm atarken odasının içinde tur atıyordu şimdi. Uzun zamandır ilk kez bu kadar mutlu hissediyordu kendini. Sadece aşkın sebep olduğu bir his değildi yaşadığı. O gün köprü de o adamı gördüğünde anlamını bilemese de vücudundan bir şeylerin çekildiğini, hissedip çok korktuğunu hatırlıyordu. Bugünse, o adam sayesinde birine aşık olduğunu hissetmişti. Bunları düşünürken, küçükken ninesinin çok kullandığı bir sözü geldi aklına. "Bizim Şer sandığımız şeyde bazen hayır vardır. Hayır sandığımız şey de de Şer!"

BEŞ KATLI APARTMANIN giriş katı kızaran köfte ve patates kokusuyla dolmuştu. Sibel, şimdi mutfakta patates ve köfteleri yakmamak için uğraşırken, ilk başta kapının açıldığını duyamadı. Daha sonra Serkan'ın keyifli ses tonuyla şarkı söyleyerek içeri girdiğini fark etti.

"Yar saçları lüle lüle yar benziyor Beyaz Gül'e

O Gül benim hayatımdır ölürüm de vermem ele

Yar yar aman yar yar aman

Yar yüreğim oldu kemaaannn

Kavuşmamız yar ne zamaaaan

Yar ne zamaaan yar ne zaaaaman"

Özellikle nakarat kısmında elini Sibel'e doğru uzatıp, kendisine eşlik etmesini isteyerek daha bir iştahla söylüyordu ki, "Hayırdır abi. çok keyiflisin!" diye söylendi Sibel.

"Çok mu belli oluyor ulan." dedi Serkan. Suratındaki aptal gülümseme hala kaybolmamıştı ki, "İstersen aynaya bak." dedi Sibel. "Aptal aptal sırıtıyorsun hala. Bir de sabah Aşık mı oldun diye sorunca, felsefe yapıyordun." diye ekledi.

"EEE. O SABAHTI KIZIM!" diye cevap verdi Serkan. Ardından şarkıyı mırıldanmaya devam etti.

YARIM SAAT SONRA YEMEKLERINI yerken, Serkan Gül'le nasıl tanıştığını anlatıyordu ki, aklına bugün izledikleri film geldi. Ve ağzındaki köfteyi tam bitirmeden "Bir tane film çıkmış yeni. Aşk filmi... İzleseydiniz bugün onu arkadaşlarınla!" diye söylendi.

Bunun üstüne "Vaaayy!" dedi Sibel. "Abi biz o filmi geçen gün izledik te hayırdır sen hiç aşk filmi sevmezdin hani?" diye sordu.

"Yoo! Yine sevmiyorum. Ben senin için diyorum kızım. Bugün dikkatimi çekti de ondan hatırlatayım dedim." demişti ki; "Bırak abi ya." dedi Sibel. "Sen daha dur biraz zaman daha geçsin. Tüm söylediklerini yutacaksın var ya..." demişti ki, bir anda telefon çalmaya başladı.

Telefonun zırlaması iki kardeşin konuşmasını susturup odayı doldururken, "Baksana şuna!" diye seslendi Serkan.

Sibel, "Niye hep ben bakıyorum ya!" bakışıyla oturduğu sandalyeden kalkıp, telefonu açarken bir - iki saniye sonra "Burada bir saniye." deyip, ahizeyi Serkan'a uzattı. "Mehmet arıyor." diye eklemişti ki, "Ulan akşam halı saha maçı vardı. Doğru ya..." diye söylendi Serkan. Ardından ahizeyi alıp, "Alo!" dedi.

Yaklaşık yarım dakikadır hiç konuşmadan sadece dinliyordu. Suratındaki aptal gülümseme yerini ifadesiz bir surata bırakmıştı ki, bir anda ahizeyi elinden düşürdü. Sibel'in "Abi ne oldu? Ne oldu abi?!" seslenişlerini çok geç duydu. Sonra kardeşinin sorusunu fark edip, "Harun." dedi. "Harun ölmüş!"

Bölüm 7 - KİM BUNLAR?

Dadastana Kasabası...
Bir gün sonra...

"Hakkınızı helal ediyor musunuz?" diye aynı soruyu üçüncü kez sordu İmam. Cemaatten, topluluk olarak son bir kez daha "Helal olsun!" yanıtını alınca, konuşmaya başladı. "Bu genç kardeşimiz bu gün ebediyete doğru yol aldı. Bu yaşına kadar işlemiş olduğu günahları Allah affetsin!"

Cenazeye katılan yirmi kadar insanın çoğunun suratında üzüntüden çok şaşkınlığın verdiği bir ifade vardı. Evet! Bu cenazeye sadece yirmi küsur kadar kişi katılmıştı. Kasaba halkının çoğu kalbi sökülerek öldürülen Harun'un cenazesine katılmayı doğru bulmamıştı. En çokta en ön safta yer tutan Serkan'ı şaşırtmıştı bu durum. Arkadaşının kalbi sökülerek öldürüldüğünü öğrendiğinde kısa bir şok geçirmiş, "Nasıl olmuş?" sorusuna cevap bulamayınca da sinirlenmişti. Bir - iki insanı bunun nedenini öğrenmek için konuşturmaya çalışmış, ama başaramamıştı. Sadece fısıldaşmaların arasından "Misafir Kabul Etmez Köyü!" adını duymuştu. Cenaze namazı kılındıktan sonra tabut omuzlara alındı ve defin yerine doğru götürülmeye başlandı. Serkan ve Mehmet en önlerden omuzlamıştı tabutu.

Tabutun içinden çıkan kefene sarılı beden, Harun'un babası ve amcasının ellerinde mezara girerken, Serkan tam arkasında duran iki kişinin konuştuklarına kulak kesildi. "Kalbi yokmuş. Bulamamış jandarmalar! Karasu Ormanının dışında bulmuşlar cesedi." diyordu adam. "Deme ya hu!" dedi öbürü. "Bu deli çocuk ne aradı ki oralarda. Üç yıldır koyun bile otlatmıyorlar oralarda!"

Adam, bilemem anlamında kafasını salladıktan sonra, "Üç yıl önce geberdiler... Ama hala kazınmadı lanetleri. Onların yüzünden genç yaşında gitti çocuk!" diye konuştu. "O kadar kolay kazınır mı? Koca kervanı soğuktan öldürmüşler yıllar önce. Oralara uğramamak lazım arkadaş. İblis yeri olmuş artık oralar. Jandarma bile anlayamıyor olanları. Baksana kasabalıdan gelen bile olmadı cenazeye. Biz de geldik ama iyi mi yaptık bilmiyorum. Gazaba uğramayalım." demişti ki, "Tövbe de!" dedi karşısındaki. Ardından hocanın dua etmeye başlamasıyla, konuşmalarını kesip; ellerini açtılar.

Serkan, duanın bitmesinin ardından gözyaşları içinde Harun'un babasına baş sağlığı dileyip, Mehmet'le birlikte oradan ayrıldı. Yaklaşık beş dakika sonra Kasaba merkezine geldiklerinde; Mehmet, Serkan'a; bir yere uğrayıp, uğramayacağını sordu. "Hayır!" cevabını aldıktan sonra, "Bari şuradan benzin dolduralım. Bir şeyler yer; çıkarız yola!" dedi ve benzinliğe döndü.

Mehmet arabayı benzinliğe yakın bir yere park edip, lokantaya giderken; Serkan aç olmadığını söylemiş ve arabanın yakınında beklemeyi tercih etmişti. Çeşitli dükkanların sıralanarak çarşısını oluşturduğu bu kasabada insanlar Arnavut kaldırımlı ara sokaklardan yokuş çıkar ve evlerine ulaşırdı. Böylece her evin kendine ait güzel bir manzarası olurdu.

Serkan da şimdi farkında olmadan bu manzarayı izlerken duyduğu sesle bir anda irkildi. Başını çevirdiğinde kendisine seslenenin iki hafta önce Harun'la uğradıkları falcı kadın olduğunu görünce vücudunun irkilmesine engel olamadı. "Başın sağ olsun!" demişti kadın. Kendisini topladığı ilk anda "Dostlar sağ olsun!" diye cevap vermişti ki, "Vaktin varsa, gel bir çay iç!" dedi. "Hem biraz konuşuruz."

Serkan kadının çay teklifinden çok konuşma bölümüne takıldı. Bir an kararsız kaldıktan sonra, Harun geldi aklına. Ölümüyle ilgili o kadar garip şey varken, hiçbiriyle ilgilenmeyip, öylece basıp gitmek istemişti buradan. Ardından kadını bazı konularda konuşturabileceğini düşünüp, "Şeyy!" dedi. "Aslında birazdan gideceğim. Ama bir on beş dakika kadar vaktim var sanırım."

Birkaç dakika sonra kadın çayları getirirken, Serkan'ın büzüştüğünü görüp, duvardaki elektrik sobasını açtı. Yerine oturduğunda da söze ilk giren kendisi oldu. "Çok yakın arkadaşındı sanırım."

Serkan soruya çayı yudumlarken yakalanırken bir anda içmeyi bırakıp, "En yakın arkadaşımdı." diyerek pekiştirdi. Sonra da ekledi: "Yalnız burada pek sevilmiyordu sanırım. Cenazesine pek gelen olmadı." Kadın da bunun üzerine kafasını olumsuz anlamda salladı. "Hayır! Onun burada kimseyle sorunu olduğunu görmedim. Dediğin kısma gelince, cenazeye pek insan gelmemesinin sebebi başka."

Bunun üzerine "Biliyorum." diye cevap verdi Serkan. "Sebebinin başka olduğunu biliyorum. Ama o sebebin ne olduğunu bilmiyorum. Buradaki insanlar neden bu kadar garip davranıyor, Anlamıyorum. Tek duyduğum, Misafir Kabul Etmez Köyü! Ama Harun'un ölümüyle arasındaki bağı bilmiyorum. Bu kadar küçük bir yerde nasıl böyle bir vahşet işlenir, aklım almıyor!"

İffet Teyze, Serkan'ın sözlerinden sonra acı acı güldü. "Burada çok cahil insan var değil mi?" diye sordu. Serkan'dan "Öyle demek istemedim." cevabını alınca; "Öyle, öyle!" dedi. "Buradaki insanların çoğu cahil. Yalnız, Misafir Kabul Etmez Köyü hakkında kurulan bağlantı kafa karıştırıcı."

"Ne anlamda?" diye sordu Serkan. "Bunun bir köyle, ne alakası var?"

Kadın, Serkan'ın söylediklerinden sonra "Duymadın mı?" dedi. "Misafir Kabul Etmez Köyü'nü hiç duymadın mı?"

"Nereden duyabilirim?" dedi Serkan. "Türkiye'de kaç bin tane köy var."

Aslında Harun'un daha önce anlattıklarından tanıyordu bu Köyü. Öldürülen insanları, lanet zırvalarını... Hepsi hakkında ufakta olsa bir bilgisi vardı. Ama şimdi her şeyden bihaber numarası yapıp; olanları Falcıdan dinlemek istiyordu.

"Aslında; üç yıl önce haberlere, gazetelere filan çıkmıştı ama... Muhtemelen bugün de çıkacaktır." dedi.

"Neden çıkmıştı ki! Ayrıca bu kadar meşhursa, kasaba halkı niye konuşmuyor? Neden saklıyor?" diye sordu bu defa.

"Sana buranın halkının cahil olduğunu boşuna söylemedim. Başlarına aynı şey gelir diye korkuyorlar. Lanetlenmekten korkuyorlar. Bak çocuğum! Misafir Kabul Etmez Köyü sadece dört haneye sahip çok küçük bir köydü. Üç yıla kadar sadece on iki insan yaşıyordu bu köyde."

"Şimdi?" dedi Serkan. Şimdi kaç kişi yaşıyor?"

"Şimdi kimse yaşamıyor çocuğum. Üç yıl önce köy haritadan silindi. Karakışın bastırdığı, kardan tüm köy yollarının kapandığı bir gece köyde yaşayan herkes öldürüldü. Hem de kalbi sökülerek!"

Serkan duyduklarından sonra kalp atışlarının hızlandığı fark etti. Bunlardan daha önce haberi olsa da bir anda tüyleri diken diken olmuş, ürpermişti. Son anda kendisini toparlayarak "Peki ya Katil?" diye sordu. "Yakalandı mı?"

"Sence yakalanmışa benziyor mu?" diyerek imalı bir bakış attı kadın. Ardından devam etti. "Tabii ki yakalanmadı. Çünkü, cinayetleri kimin işlediği hiçbir zaman bilinemedi. Ne bir parmak izi. Ne de bir ipucu. Hiçbir şey bulamadı jandarma. Tabii kasabalının tekine sorsan, onlar zaten çoktan lanetliydi."

"Peki bu lanet hikayesi nereden çıktı?"

"İşte orası biraz karışık. Efsane çok. Ama en çok bilinen iki tane hikaye var. Birincisi, bu köy ilk kurulurken, köylüler ormandan ağaç keserlerken hiç tanımadıkları yaşlı birinin cesedini görmüşler. Hatta arkadaşının öldürüldüğü yere yakın Karasu Ormanındadır mezarı. Doğumu ve Ölümü Belli Olmayan Dede yazar mezar taşında. Köy halkı yaptırmıştır mezarını. İşte kasabalının çoğu der ki, o dedeyi bu köylüler öldürdü. Güya, adamın altınları varmışta, adam altınlarını ormana saklarken bunlar görmüşler, sonra da adamı öldürüp, altınlarını almışlar. Ayıp olmasın diye de mezarını yaptırmışlar. Tabii bu olay çok önce olmuş. Adamın, adını sanını kim olduğunu kimse bilmiyor. İşte bu adam ermiş olabilirmiş. Ve köyünde bu yüzden kökü kurumuş."

"Peki ikincisi?" diye sordu Serkan. Duydukları karşısında ürperse de, hikaye ilgisini çekmişti. Buna çok yakın bir hikayeyi zaten Harun'dan dinlemişti. Hatta, Harun'un bunu çok ciddiye aldığını iki hafta önceki konuşmalarından hatırlıyordu.

"İkincisinde anlatılanlarda çok önce olmuş. Hikayeye göre, yine karakışın bastırdığı bir gece köyün yukarısındaki büyük yoldan gitmekte olan bir kervan daha fazla ilerleyememiş, ve köyde konaklamak istemiş. Köy halkı bunu kabul etmemiş. Kervanın konaklamasına da izin vermemiş. Bu sebeple de o soğukta yolda konaklamak zorunda kalan kervandaki herkes donarak ölmüş. Hatta, köyün adı da buradan gelir zaten. Misafir Kabul Etmez Köyü'dür bu sebeple."

Serkan biraz düşünceli gözüktükten sonra "Bunlar çok ilginç hikayeler!" dedi. "Doğru olma ihtimalleri tüylerimi diken diken etti." Kadın bilmiş bir şekilde gülümsedikten sonra, "Harun'un cesedi de Karasu Ormanı ve Misafir Kabul Etmez Köyü'nün çok yakınında bulunmuş. Sana bunlarla ilgili bir şeyler anlatmış mıydı?" diye sordu. Serkan birkaç saniye kadının yüzüne baktıktan sonra, "Hayır!" dedi. "Bana hiçbir şey anlatmadı. Ve umuyorum ki, her ne kadar birbirine yakın gözükse de, ölümünün bunlarla hiçbir ilgisi yoktur." Sözünü tamamladıktan sonra "Benim artık çıkmam gerek çay için teşekkür ederim." deyip, ayağa kalktı.

Bunun üzerine kadında oturduğu yerden doğrulup, Serkan'ın elini sıkıp, konuşmaya başladı. "Tekrar başın sağ olsun. Umarım dediğin gibi çıkar. Seni de bir daha göremeyeceğiz herhalde buralarda. Sana hayatında başarılar dilerim. İyi yolculuklar!" deyip, gülümserken, Serkan da aynı nezaketle cevap verip, kapıdan çıkıyordu ki, kadın arkasından seslendi: "Bu arada... Yalan söylemeyi hiç beceremiyorsun!"

Serkan, duyduklarından sonra şoke olmuş bir şekilde durakladı. Ardından suratında bu şoke durumdan eser bırakmayarak, gülümseyerek arkasına döndü: Arkasına döndüğünde; batmakta olan Güneş ışınları kadının kırmızı taşlı kolyesine vurup, gözlerini kamaştırdı. Bunun üstüne gözlerini kısıp, "O zaman size gerçek bir şey söyleyeyim." dedi. "İki hafta önce baktığınız faldaki söylediklerinizin hiçbiri çıkmadı."

Kadın da bunun üstüne son bir kez gülümserken; Serkan arkasına dönüp, kafeyi terk etti.

DIŞARI ÇIKTIĞINDA HAVANIN yavaş yavaş soğumaya başladığını fark ediyordu ki, Mehmet'in caddenin karşısında görünmesiyle birlikte derin bir nefes aldı. Doksan dokuz model krem rengi Renault Broadway'in çamurlukları kasabanın kızılımsı toprağına bürünmüştü bu arada. Serkan arabanın kapısını açıp, içeri girerken kendilerini taşıyan külüstürü dikkatle inceledi. Oldukça yıpranmış ve eski de olsa, Kasaba'nın neredeyse büyük çoğunluğunu oluşturan arabaların daha eski modellerden oluşmasıyla, buradaki kalburüstü arabalardan biriydi. Serkan içeride beklerken birkaç saniye sonra Mehmet'te gelince "Hadi!" dedi. "Bir an önce gidelim buradan!"

Mehmet bir an Serkan'ın suratına bakınca, bir tuhaflık hissetse de önce kafasıyla onayladı ardından motoru çalıştırdı. Broadway, Kasaba'nın daha yeni çizilmiş yaya geçidi ve çizgili yollarından ilerlerken Serkan'da etrafa bakıyordu şimdi. Uncu dükkanı, Bakkal, Osmanlı'dan kalma tarihi üç evden sonra araba yağlama - yıkamacıyı da geçmişlerken, yolun tam ortasında "Hayırlı Yolculuklar. Güle Güle!" tabelası belirmişti ki; Serkan "Durdur arabayı!" diye bağırdı. Tabelanın tam altından geçerlerken, Mehmet; yola çıktıklarından beri kafasına cama dayayıp, dükkanları izleyen Serkan'a bir bakış attı. Ardından aniden arabayı durdurdu.

Arabanın ani frenlemesinden sonra, bedenini koltuğa yapıştırıp; aşağı doğru çöktü. Mehmet bir açıklama bekler gibi Serkan'ın suratına bakmaya devam ederken; "Bu O!" diye fısıldadı.

Aradan birkaç saniye geçmişti. Bu geçen saniyeler içinde Mehmet'te şaşkınlığın verdiği, tedirginlikle Serkan'a bakmayı sürdürürken; "Kim?" dedi. "Kimi gördün?"

Bunun üstüne eliyle sus işareti yaptı Serkan. Ardından yeteri kadar bekledikten sonra; "Birazdan geleceğim. Burada bekle beni. Motoru da sakın durdurma!" dedi. Ve kapıyı yavaşça açıp, dışarı çıktı.

Mehmet ise arkasından son bir "Nereye gidiyorsun?" diye söylenmiş, ve hayretler içinde kalakalmıştı.

Serkan, kalbinin atışlarının hızlanmasına engel olamıyordu. İstanbul'da; Unkapanı Köprüsünde, Gül ile tanışmasına sebep olan adam; yaklaşık yirmi - yirmi beş metre önünde Dadastana Kasabası'nda yürümekteydi şimdi. Serkan da hızlı ama olabildiğince sessiz adımlarla ağaçları siper edip, yürürken bir yandan da beynine üşüşen sorularla meşguldü. "Bu nasıl tesadüf?" diye bir ara söylenir gibi oldu. Ardından "Kim bu adam?" dedi. "Burada ne işi var?" sorusu da kafasında yankılanmaktaydı.

Sorulacak sorular çoktu. Ama şu anda düşünmesi gerekenin "Ona gözükmemek!" olduğuna karar verip, adım adım takip etmekten daha iyi bir yol bulmayı düşündü. Ardından yolun kenarından yukarı doğru çıkan çalıların arasından tırmanarak görüş açısını genişletti. Bu arada adamı da gözünden kaybetmemeye çalışıyordu.

Zervan, Kasaba'nın meydanında dükkanların sıralanarak oluşturduğu çarşının girişinde yürümekteyken, aniden durdu.

Serkan bunu hemen fark edip, bedenini çalının arkasına gizledi. Bir - iki saniye çalının arkasında kafası eğik halde bekleyip, ardından kafasını kaldırıp, kısıtlı bir görüş açısıyla adamın etrafı süzer halde dikkatli bakışlarını fark etti.

Çok geçmeden Zervan yürümeye tekrar devam ederken; Serkan'da çalının arkasından bedenini çıkarmıştı. Artık rahat bir bakış açısıyla; adamın yürüyüşlerini takip ederken; bir süre sonra şaşkınlığı daha da arttı. Köprü' de gördüğü, bakışlarıyla Gül'ü korkutan ve tanışmalarına sebep olan adam, yürüyüşlerini devam ettirmiş; ve Dadastana Kasabası'nda İffet Teyze olarak bilinen Falcının kafesine giriş yapmıştı.

Serkan; çömeldiği çalının arkasında artık kalp atışlarının son raddeye kadar hızlandığı fark ediyordu. Aklını kurcalayan sorular beynine hücum ederken, bir anda yaşadıklarını ve anlatılanları düşündü. Ne yapacağını bilemez bir halde gözlerini Kafe'ye dikerken, çok geçmeden perdelerin hepsinin kapandığını fark etti. Bir an ne yapması gerektiğini düşünüyordu ki; omzuna birinin dokunduğunu hissedip yerinde sıçradı.

Dehşetle gözleri yuvalarından çıkacakmış gibi büyümüştü şimdi. Bir anda refleksle arkasına dönünce, omzuna dokunan elin Mehmet'in eli olduğunu fark edip, rahatladı. Mehmet'te arkadaşının çıldırmış gibi kendisine baktığını görünce "Sakın Korktum deme!" diye söylenmişti ki; "Korktum! Amına koyayım!" diye bağırdı.

Ardından biraz rahatlayınca, Mehmet'in "Kimi gördün?" sorusuna cevap verdi. "Boş ver! Adamın tekini çok fena Harun'a benzettim."

"Yuhh!" dedi Mehmet. Bunun üstüne "Boş ver dedim işte! Pek iyi değilim. Hadi bir an önce gidelim buradan!" diye cevap verdi Serkan.

Biraz sonra bulundukları tepeden aşağı inip, arabaya doğru giderlerken son defa arkasına dönüp; Kasaba' ya baktı Serkan. Ardından "Neler oluyor burada!" diye söylendi. "Kim bunlar?!"

Bölüm 8 - VAR OLMAYAN KÖYLÜLER!

Üç yıl önce...
  Dadastana Kasabası...
Jandarma Komutanlığı...

Işıkları sönük küçük nezarethanenin içi duvarları saran rutubetten dolayı oldukça fazla hissedilen küf kokusuyla kaplanmıştı. Genelde bu bölüme alınan insanlar burada fazla süre geçirmediklerinden dolayı kokudan pek etkilenmezlerdi. Ama şu anda oturmak için yapılan bankın üstüne oturmayıp; sadece gözaltındaki insanların korunmaları amacıyla verilmiş battaniyeyi altına seren adam; nezarethanenin en köşesine çökmüş tam üç gündür burada bekliyordu. Gözleri ağlamaktan şişmiş; beyni rutubetten dolayı bulanmıştı. Üç günde sakalları uzamış, kirli ve paspal bir görünüme bürünmüştü.

TAM ON ÜÇ KİŞİNİN ÖLDÜRÜLMESINDEN dolayı gözaltında tutuluyordu. Daha doğrusu on iki Köylü, bir de karısı... Üç gün içinde başına gelenlere inanmakta zorlanıyordu Murat. Onun için hayatta karısını kaybetmekten daha kötü bir şey varsa; o da kuşkusuz öldürülmesinden kendisinin sorumlu tutulmasıydı. Aklı bilinmezliklerle dolup taşarken "O lanet köye hiç gitmemeliydim." diye düşündü. Üç gün içinde öyle değişik ruh hallerine bürünmüştü ki! Ama her düşüncesinin sonunda da; hiçbir çıkış yolu bulamamış, ve bulunduğu köşeye çökmüş kalmıştı. Karısını kalbi sökülmüş halde bulduğu o gece arabada onun cesediyle birlikte saatler geçirmişti. Yardım için aradığı Jandarma tam dört saat sonra olay yerine ulaşmış ve kendisinden olanları dinledikten sonra köye hareket etmişti. Sonra da; O gece bölge de hayatta kalan, daha doğrusu şüpheli sayılabilecek tek kişiyi apar topar Kasaba' ya götürmüşlerdi. Kendisini... Murat olanlardan sonra hemen arabada karısının yanında bulduğu notu Jandarmalara göstermiş; ama bir sonuç alamamıştı. En azından şimdiye dek... Tam on üç kişinin bir kişi tarafından öldürülme fikri özellikle de ortada hiçbir materyal izi bulunmadan -kurşun, bıçak, vesaire, imkansız denebilecek kadar çılgıncaydı. Birkaç kişi tarafından yapıldığı fikriyse, hiçbir görgü tanığı ya da ipucu olmadan aynı sonucu veriyordu. Kalplerinin sökülmesi ise bambaşka bir çılgınlıktı. Tüm bu eylemlerin kendisinin üstüne kalma düşüncesi ise tam anlamıyla korkunçtu.

Aklının vardığı sonuçla tüm bedenini bir ürperti sarmıştı ki; birdenbire nezarethanenin parmaklıklı kapısı açıldı. Murat ilk önce anahtar sesini duydu; sonra sürgülü kapının açıldığını da belirten sesi duyunca hemen ayağa kalktı. İçeri giren rütbeli Komutan, baştan sona süzmüştü kendisini. En sonunda göz göze geldiklerinde 'Karından çok mu sıkıldın da kalbini söktün!" dedi. Bunun üstüne; "Ben yapmadım!" diye cevap verdi Murat. "Yemin ederim olanlarla bir ilgim yok."

"Tabii tabii." dedi komutan. "Tatil bahanesiyle götürdün dağ başına sonra öldürdün işte. Kimi kandırıyorsun!"

"İKİ GÖZÜM ÖNÜME AKSIN ben yapmadım. Ne karımı ne de o köylüleri ben öldürmedim!" diye bağırdı Murat.

Komutan; Murat'ın köylülerle ilgili sözlerinden rahatsız olduğunu belirten bir bakış attı önce. Sonra; "Ne köylüsü?" dedi. "Neden bahsediyorsun?"

Murat, Komutanın sözlerinden sonra, şaşkınlıktan ne diyeceğini bilemiyordu şimdi. Bir an sanki gerçekle, rüyanın birbirine girdiğini hissetti. Kendini toparladığı ilk anda ise, "Misafir Kabul Etmez Köyü'ndeki Köylüler..." dedi. "O gece orada yaşayan herkesin aynı şekilde öldürüldüğünü söylemediniz mi?!"

Komutan, Murat'ın sözlerinden sonra gözlerinin içine baktı bir süre. Sözlerinde şüpheli bir davranış yakalayamayınca; "Onlar mı?" dedi. "Onların yaşadığını belirten bir kanıt yok ki. Öldüler diyelim."

"Anlamadım." dedi Murat. "Ne demek yaşadığını belirten bir kanıt yok."

"Orada ölen on iki kişinin hiçbiri nüfusa kayıtlı değil. O köyde bizim kayıtlarımıza göre yaşayan kişilerle; öldürülenler çok farklı." dedi bu defa.

"Peki sizin kayıtlarınıza göre yaşayanlar nerede?" dedi Murat. İçinde bu konuşmanın kötü biteceği hakkında bir his belirmişti.

"Büyük ihtimalle onlarda yıllar içinde ölmüşlerdir. Ama ölümleri Nüfustan düşülmemiş. Zaten bu köy; nüfusu gittikçe düştüğü için yıllar önce Alamut Köyüne bağlanmış. Ama

Kasabalı ve civar köylüler tarafından pek sevilmedikleri için sanırım bugüne kadar bir irtibatları olmadı."

Murat, adamın sakin tavırlarından dolayı sinirlenmişti artık. Ortada büyük bir zafiyet olduğunu düşündüğü anda sesini yükselterek konuştu. 'Yani burada olan biten anormallikten hiç kimsenin haberi yok mu diyorsun? Burada birileri ölüyor. Ama yaşadıkları belli değil! Ölenlerin kim olduğu belli değil. Yaşayanların da yıllardır devletle ilgili hiçbir işi olmamış!"

Murat'ın bağırarak konuşmasından sonra Komutan' da otoritesini konuşturması gerektiğine karar verip cevap verdi. "Dediklerimi anlamıyorsun galiba. Bu köy yıllar önce başka bir köyle birleşti diyorum. Yani bir anlamda artık burası Alamut! Ve asıl Alamut'ta her şey yerli yerinde giderken, burada ki; anormalliği fark etmemiz çok güç!"

Murat; Komutanın söylediklerinden sonra ürperdi. Onu ürperten şey; burada öldürülen insanların gerçekte yaşayıp; yaşamadıkları ya da kim oldukları değildi. Onu asıl ürperten şey; Komutanın beş dakikadır ağzından çıkartmaya çalıştığı baklaydı. İçi korkuyla dolarken; Komutanın gözünün içine bakarak tedirginlikle; "Yani kayıtlara göre burada üç gün önce sadece karım mı öldürüldü diyorsun!" dedi.

Komutan önce gülümsedi. Sonra "Karısını öldürmek için tatil bahanesiyle dağ başında ıssız bir yere götüren ve öldürmekle kalmayıp; kalbini bile söken psikopat bir koca! Kulağa oldukça inandırıcı geliyor ha!" diye mırıldandı.

Komutanın son cümlesinde başından aşağı kaynar sular dökülmüştü sanki. Üç gündür aklına gelen sorulardan biri de o gece karısını ve köylüleri öldüren kişinin neden kendine dokunmadığıydı. Şimdi ise sorunun cevabının oldukça basit olduğunu anlıyordu. Söyleyecek bir şeyler aklına geldiğinde ''Bunu yapamazsınız!'' diye bağırdı. ''Kendi zafiyetinizi benim üstüme yıkamasınız! Görmüyor musunuz? Bunların hepsi daha önceden planlanmış!''

Murat'ın ses tonundan yeteri kadar korku verdiğini fark ettiği anda tekrar konuşmaya başladı. ''Akıllı olursan böyle bir şey olmaz. Olanların biz de farkındayız. Ama Olay; On üç kişinin ölümü şeklinde yansırsa bunun altından kalkamayız. Gerçi yansıyacağı kadar yansıdı bile. Ama ispatlanamadığı sürece problem yok. Sadece birkaç gün gazetelere çıkar o kadar. Yani sana söyleyeceğim Murat; Üç gün önce bizim kayıtlarımıza göre burada sadece karın öldürüldü. Yardım aramak için arabayı terk ettin. Döndüğünde de... Başka hiçbir şey bilmiyorsun! Özellikle de köy hakkında. Anladın mı?''

''Peki karımı öldüren adam?!'' dedi Murat bu defa. Sesi artık kabullenen bir ses tonuyla çıkıyordu.

''Olayı bir üst birimimiz devraldı. Yani her şeyi kapatmadık. O gece olanları araştıracağız. Karını kimin öldürdüğünü, O köyde ölen insanları, neden öldürüldüklerini her şeyi... Ama bundan senden başka kimsenin haberi olmayacak! Basın sana köyle ilgili bir şeyler mutlaka soracaktır. Hiçbir şey bilmiyorsun. Anlaştık mı?''

Komutanın son sözlerinden sonra başka yapacak hiçbir şeyi olmadığı anda çaresizlikle başını salladı. Bunun üstüne ''O halde buyur.'' diyerek çıkışı gösterdi Komutan. ''İfadeni imzaladıktan sonra gidebilirsin.''

BÖLÜM 9 -
MÜNZEVİ

D adastana Kasabası...
Bugün...

Saatlerdir yanan elektrik sobası içerisini oldukça bunaltıcı bir hale sokarken; içeride bulunan tek kişinin alnında ter kabarcıkları belirmişti. Bu arada içeriyi oldukça iyi aydınlatan ampul sayesinde toz bulutları da gözle görülebilecek seviyeye ulaşmıştı. Yaşlı kadın şimdi masada otururken bir yandan da dikkatle elinde tuttuğu kesenin bağcıklarını açıyordu. Çok geçmeden dışı siyah, bağcıkları ise gri, keseyi açmıştı ki; bir anda içerisini aydınlatan ampul; gücünün zayıfladığına dair bir işaret verdi. Ve aydınlatma gücünü yarıya düşürdü. Bu arada kesenin açılmasıyla da odayı keskin bir "Eski!" kokusu sarmıştı.

Olanları rutin bir şekilde gülümseyerek karşılarken keseden yayılan kokuyu içine çekti. Daha sonra ise elini kesenin içine sokup; yetmiş sekiz karttan oluşan Tarot destesini masanın üstüne çıkardı. Masanın üstündeki deste; şimdi önünde dururken ellerini kapalı bir şekilde masanın üstüne koyup gözlerini kapattı. Tarot kartlarını her çıkardığında kartları açmadan önce sinerji kurmayı dener ve öyle açardı. Kartlarla olan bu etkileşim sonrasında her defasında bitap düşse de; kartlarla konuşmanın yolu bundan geçerdi. Daha doğrusu kartların kendisiyle konuşmasını istemek sıradan şarlatanların işiydi. O bu etkileşimi Kartlarla konuşmak için değil; onlara Hükmetmek için yapıyordu.

Yaklaşık bir dakikadır gözleri kapalı dururken; el yordamıyla kartları alıp; karıştırmaya başladı. Aradan yeteri kadar zaman geçtiğine kanaat getirince birdenbire gözlerini açıp; ilk kartı masanın üstüne bırakmıştı ki; kafenin kapısı gıcırdayarak açıldı.

Gülümseyerek içeri girdi Zervan. Bir yandan gülümsemesini sürdürürken; "Dur. Tahmin edeyim." dedi. "Büyücü!"

İffet; Zervan' ın konuşmasından sonra önünde açılan karta bakıp; "Doğru." diye cevapladı. "Büyücü" yetmiş sekiz kartlık Tarot destesinde 22 kartın bulunduğu Arkana Majör (Büyük Sırlar) adlı grubunda "Deli" den sonra gelen karttı. Ve sıralama numarası 1'di. Genelde her Tarot destesinde olduğu gibi; İffet'in sahip olduğu deste de; parlayan gözleri ve gülümseyen dudaklarıyla betimlenmiş genç biri görünümünde tasvir ediliyordu. Tıpkı şimdi karşısında duran adam gibi...

Zervan; ağır adımlarla İffet'in bulunduğu masaya yaklaşırken, "Neydi bu kartın özellikleri?" diye sordu. İffet bir ara gülümserken; "Övülmek hala hoşuna gidiyor." diye düşündü. Sonra; "Güç!" dedi. "Hırs, Özgüven, Manipülasyon." diye sıraladı.

Bunun üstüne, "Oldukça güçlü bir kart!" dedi Zervan. İffet; "Deli'den sonra en güçlüsü!" demişti ki; ona bakıp, tekrar gülümsedi ve "Tarot' u hala anlayamamışsın Sofya. 'dedi. Ardından "Deli; Büyük Sırlar grubunun en güçsüz kartıdır. Değer rakamı oluşmamış ya da 0 olarak kabul edilen kartın 1'den daha güçlü olması düşünülemez." diye ekledi.

İffet bundan sonra sessiz kalmayı tercih ederken; bunu fark eden Zervan "Tarot' u şimdi bir kenara bırakalım." diyerek sandalyelerden birini kendisine çekti.

Şimdi birbirlerinin yüzüne bakarlarken; hala yer yer gözlerini kaçırıyordu İffet. Yıllardır onun suratına kararlılıkla bakmayı öğrenememişti. Aklı yıllardır karşısındaki yaratığın öldürdüğü insanlara gelince bir an midesi bulanırken; "Az önce buradaydı değil mi?" diye sordu Zervan. Bunun üstüne dikkatini tekrar Zervan' a odaklayıp; "Evet." diye cevapladı. Sonra da "Bence onu fazla dikkate alıyoruz." diye ekledi.

Zervan; İffet'in verdiği cevaptan hoşnutsuz olduğunu gösteren bir mimik yaparak; "Onların tehlike arz edebileceğini senin söylediğini hatırlıyorum." diye konuştu.

Bunun üstüne, "O çocuğun Karasu Ormanına gitmesi söylediklerimi doğru çıkardı." diye cevapladı İffet. Zervan' ın konuşmaya girmemesi üzerine; "Ama ölen çocuğun arkadaşının bundan sonra mezarla ilgisi olacağını düşünmüyorum." diye ekledi.

Bunun üstüne gülümseyerek "Belki de artık strateji değiştirmemizin zamanı gelmiştir." dedi Zervan. Sözünü bitirdikten hemen sonra yüzündeki gülümseme kaybolurken; İffet bir an olup bitene anlam veremeyip; Zervan' a bakarak "Ne düşünüyorsun?!" diye sordu.

"Belki de gerçekten onlarında dediği gibi Tılsım' ı aşmam imkansızdır. Bunu sen de başaramıyorsun. O halde artık başka yöntemleri kullanmanın zamanı geldi." diye ekledi. Ardından bir anda masadan kalktı ve masada duran kartlardan birini ters çevirip; yavaş adımlarla Kafe'yi terk etti.

İffet; gözleriyle Zervan' ın Kafe'yi terk edişini izlerken bakışlarını masanın üstünde açık duran karta çevirmişti şimdi. Açılan kart Münzeviydi.

Dadastana Kasabası...
Misafir Kabul Etmez Köyü...
Yıl - 1989

Güneş'in kavurucu etkisi tam Öğlen Vakti doruk noktasına ulaşmıştı. Orta yaşlı adam baltayı her savurduğunda vücudundan savrulan terler yerdeki toprak parçasına düşerken; tüm kararlılığıyla işine devam ediyordu. Bu Kasaba' da ve civarında Kış Mevsimi oldukça soğuk ve çetin geçerdi. Bu yüzden kışa yakılacak odun toplama işi yaz mevsiminden başlardı. Yaşamakta olduğu Köy' de birkaç hafta önce iş paylaşımı yapılmış odun kesme görevi de kendisine verilmişti. Çevre köylerde yaşayan insanlar giderek onlardan nefret etmeye başlamışlardı. Bunun birçok farklı nedeni olduğu gibi genel olarak en bilindik olanı Misafir Kabul Etmez Köyü'nde yaşayan insanların kendi istekleriyle çevre halktan kendilerini soyutlamaları olarak gösterilebilirdi. Bu yüzden yapılacak tüm işleri nüfusları olabildiğince az olmasına rağmen kendi başlarına yapmalıydılar.

İsa'da şimdi kendi üstüne düşüne görevi sorunsuzca yaparken; son bir kez baltayı ağaca savurdu ve yere bıraktı. Bundan sonra sağ koluyla alnını silerken biraz su içip, soluklanması gerektiğine karar verip; hemen bir - iki metre uzaktaki yaşlı söğüt ağacının gölgesine bıraktığı heybenin yanına yürümüştü ki; bir "Tıslama" sesi duyup, olduğu yerde donakaldı. Büyük ağacın gövdesindeki kovuktan fırlayan; sarı, siyah ve yeşil parlak renkli pullara sahip kocaman bir yılan karşısında durmaktaydı şimdi.

Alnından soğuk terlerin boşaldığını hissediyordu. Kuşkusuz hayatında gördüğü en kocaman yılandı bu. Çocukların oynadığı misketlerin içindeki kumaş parçasına benzeyen gözleri o kadar korkunç bakıyordu ki! Birkaç saniye korkunç gözleriyle İsa'yı izlerken bir anda ağzını açıp çatallı dilini ortaya çıkarmıştı. Bu arada İsa'da olabildiğince uzağa koşmak istiyor ama bacaklarını kıpırdatamıyordu ki; uzaklardan bir parmak şıklatma sesi duyuldu.

Bu sesten sonra ilk önce Dev yılan sonra da İsa başını sesin geldiği yöne çevirmişti. Yaklaşık on - on beş metre ileride siyahlara bürünmüş yakışıklı ve genç bir adam şıklatmıştı parmaklarını. İsa şimdi bakışlarını bir kez daha yılana çevirirken; onun kıpırdamaksızın adamı izlediğini fark etti. Adamla, yılanın bakışması birkaç saniye sürmüştü ki; kocaman dev yılan sanki sahibinin sesi dinleyen köpek gibi bir anda ormanın derinliklerine doğru kayboldu.

İsa, kalbi ağzında yılanı gözden kayboluncaya dek seyrederken; "Sanırım hayatını kurtardım." diye seslendi adam. Ve ona doğru yaklaşmaya başladı. İsa şimdi yavaş yavaş sakinleşirken; "Bu bu... Bunu nasıl yaptın?" diye söylendi. "Ona ne gösterdin?"

Adam gülerek yanına kadar geldi. Ve, "O kadar önemli bir şey değildi." dedi. "Geldiğim yerde; yılanlarla nasıl anlaşacağını öğretiyorlar."

İsa şimdi tamamen sakinleşmiş, heybesinden çıkardığı matarasıyla su içiyordu. Adamın söylediklerini dinledikten sonra eliyle ağzını silip; "Bu Kasaba' dan değilsin demek." dedi. Adam kafasını sallayınca, "Peki nereden geliyorsun?" diye sordu.

Bunun üzerine, "Uzun hikaye." dedi adam. "Buraya uzun yıllardır düşündüğüm şeyi yapmak için geldim." demişti ki; bir anda "Du.. Dur bi dakika." dedi İsa. "Seni tanıyorum. Sen. Sen... O'sun! Bu imkansız! Buraya nasıl gelebildin?!"

"O kadar kolay olmadı." dedi ilk önce. İsa'nın konuşmalarından sonra baltasını arar gibi göz gezdirmesi üzerine de "Sakin ol." diye ekledi. "Demek benden haberin var. Sana bile bahsetti demek ki! Hazırlıklı olduğunuzu tahmin etmiştim. Peki şimdi beni karşında gördüğüne göre; hala ona mı inanacaksın?"

İsa, Zervan' ın sözlerinden sonra güldü. Gülmesi karşısında Zervan ciddi surat ifadesini korurken; bir anda Zervan' ın suratına bakıp konuşmaya başladı. "Sen o değilsin ki! Hala o olduğunu sanıyorsun değil mi? Sen artık bizden değilsin!"

İsa'nın konuşmalarından sonra Zervan gülümsedi bu defa. "Hadi ama..." dedi. "Hiç mi merak etmiyorsun. Şu haline bak. Yaşlanmışsın. Saçların beyazlamış. Bir de bana bak! Hem bana yardım edersen senin hayatını bağışlar ve belki senin içinde bir şeyler yapabilirim." diye eklemişti ki; "Bana Dünya'yı mı vaat ediyorsun?" diye çıkıştı İsa. Ardından "Peki görmüyor musun?" diye konuştu. "Bizim Dünya'dan çoktan vazgeçtiğimizi görmüyor musun?"

Tüm bedeninde biriken hırs suratına yayılmıştı şimdi. Sinirden dişlerini sıkarken; "Aptal!" dedi. "Sizler gerçekten de aptalsınız! Neyi koruduğunuzdan haberiniz yok. Onun kim olduğunu bile bilmiyorsunuz. Bu görev için sizin gibi aptalları seçtiğine şaşmamalı!"

Zervan' ın sözlerini dinledikten sonra; "Biz ölsek de... O'na hiçbir zaman ulaşamayacaksın." dedi. "Sen artık Tanrı'nın lanetlediği ucube bir yaratıksın." diye eklemişti ki; "Göreceğiz." diye cevapladı Zervan. "Henüz değil ama çok az vaktiniz kaldı. Ve Siz aptallar... O'na ulaştığım zaman çabalarınızın ne kadar beyhude olduğunu anlayacaksınız." diye ekleyip, ormanın derinliklerine doğru yürümeye başladı.

İsa; Zervan' ın arkasından bakarken bedeninin ansız ürpermelerine engel olamıyordu. Kalbi delice atarken, "Bu nasıl olabilir?" diye fısıldadı. ''Buraya nasıl gelebildi?'' Zervan; ormanın derinliklerine doğru yürürken; Köstebek edinme konusunda başarısız olduğunu düşünüp; sinirlendi. Ardından "Onların çok az vakti var. Ama maalesef senin yok İsa." diye söylenip; parmağını şıklattı.

Bölüm 10 - SIR
PEŞİNDE

İstanbul...

    Bir gün sonra...

Küçücük evin içi huzursuz edici sessizlikle dolmuştu. Odanın içinde açık olan televizyonda dahil - ki açık olmasına rağmen sessiz konumdaydı.- çay karıştırma sesi haricinde hiçbir ses duyulmuyordu. İki kardeş keyifsiz bir şekilde kahvaltılarını yaparken sessizliği bozan Sibel oldu. Ve; "İşe yine geç kalıyorsun!" diye söylendi. Bunun üzerine sıkıcı bir şekilde çayını karıştırırken; "Yıllık izine çıktım." dedi Serkan. Abisinin yüzüne şaşkınlıkla bakarak; "Hani yazın çıkacaktın." diye çıkıştı. "Hani tatile gidecektik!"

Sibel bu durumda abisinin izine çıkmasını oldukça olağan karşılasa da onu konuşturmak için çabalamıştı.

Biraz bekledikten sonra "Yine gideriz." diye cevap verdi Serkan. Ses tonu oldukça boğuktu. "Bir haftalık izin aldım. Yarısını yazın kullanacağım. Sana ne söylediğimi hatırlıyorum."

Sibel, abisinin yüzüne bakmaya devam ediyordu şimdi. Her ne kadar anlayışsız, ille de benim dediğim olsun isteyen bir yapısı olsa da abisinin neler hissettiğini anlayabiliyordu. En yakın arkadaşlarından birini kaybetmişti Serkan. Hatta en yakınını. Harun'la geçirdiği o kadar çok anısı vardı ki.

Hafızasında bir kez daha canlanıyordu şimdi anılar. Birinci sınıfa giderken; aynı kıza aşık oldukları için yaptıkları kavgayı hatırlıyordu. Aşık oldukları; şimdi yüzünü hatırlamakta zorlandığı Beyza adında esmer ve sınıfın en çalışkanı aynı zamanda da Sınıf Başkanı olan bir kızdı.

Serkan ile Harun'da o gün okulun bahçesinde Teneffüs zili çalmasına rağmen içeri girmemişler ve çocukça bir düelloya tutuşmuşlardı. "Ben onu çalışkan olmasa da severim." dediğini hatırlıyordu şimdi. Sonra da Harun'un "Bende!" cevabını... Ardından derse geç kaldıkları için öğretmenden yedikleri dayağı... Aklı o günlere gidince tebessüm etti. Ardından saatine bakıp; geç kaldığını fark edip toparlandı. Abisinin toparlandığı fark eden Sibel; "Nereye?" diye sorunca, "Bazı işlerim var." dedi. Evden çıkarken son bir kez Sibel'e dönüp, "Ben gelmezsem Meral teyzelerde kalırsın bu gecede." diye seslendi. "Onun haberi var."

SABAHTAN BERIDIR INSANLARI zor duruma sokan bunaltıcı hava artık bulutlanmış ve ince ince yağmur damlalarını yeryüzüne doğru göndermeye başlamıştı. Serkan da şimdi insanların sanki bir yere yetişmeye çalışır gibi koşuşturarak yürüdükleri İstiklal Caddesinde yürümekteydi. Aklı saatlerdir beynine üşüşen sorularla meşguldü. Harun'un ölümünde payı olduğu gerçeği vicdanını yaralarken; bir de o gece Köprü de gördüğü adamın Dadastana' da o yaşlı Falcıyla ne işi olduğunu düşünüyordu. Ardından da onların kendisiyle ne işi olduğunu? O gece o adamın; İffet'in sahibi olduğu Kafe'ye girdiğini tüm çıplaklığıyla görmüştü. Yaşadığı korkuyla aniden İstanbul'a dönmek üzere yola koyulurlarken; yolun yarısında bu şekilde dönmeyi kendine yedirememiş ve Mehmet'i ikna edip, bir - iki saatliğine geri döndürmüş soluğu da doğruca Harun'un teyzesinin yanında almıştı.

Kadın, o halde Harun'un ölümünün hemen akabinde sıcağı sıcağına bir şey anlatmasa da, İffet'in adını duyduğunda daha fazla kendini tutamamış ve tüm Kasabalının ondan Büyücü hatta Cinleri var diye korktuğunu ağzından kaçırmıştı. Daha sonra Serkan, Misafir Kabul Etmez Köyü'nde olanlar hakkında son bir soru sorsa da; daha fazla konuşturamamış ve kapı yüzüne kapanmıştı. Bundan sonra Mehmet'in homurdanmaları üzerine araştırmayı yarıda bırakıp; yola koyulurlarken son anda Falcının anlattıkları gelmişti aklına. Üç yıl önce Misafir Kabul Etmez Köyü'nde olanların gazetelere çıktığını söylediğini hatırlamıştı bir anda. Daha sonra eve geldiğinde internetten olayı araştırmış ve aradığını bulmuştu. Üç yıl önce o kadar insanın öldürüldüğü o gece; birinin hayatta kaldığını öğrenmişti. Tesadüf eseri eşiyle birlikte o Köyün yakınlarında bulunan ve eşini kaybeden Murat Kaya!

Daha sonra çocukluktan arkadaşı olan şimdi ise bir polis olarak yaşamını sürdüren Zafer'i aramış ve Murat Kaya'ya ulaşmak için yardım istemişti. Beklediği telefon ise bir saat önce gelmişti. Zafer kendisine geri dönmüş ve Murat'ın Beyoğlu'nda oturduğunu ve aynı semtte bir banka da çalıştığını söylemişti. Serkan bunun üzerine arkadaşına teşekkür ederken; Zafer'in "Hayırdır?" sorularını geçiştirmişti. Şimdi ise adamın çalıştığı bankanın yakınlarında bir Kafe'ye doğru ilerlerken daha önce belirlenen ve unutmadığı randevusuna gidiyordu. İlk önce Gül ile buluşacaktı.

SERKAN, KAFE'YE GIDEN merdivenleri ağır ağır çıkarken bir yandan da duvarlara sprey boyalarla işlenen yazılara göz gezdiriyordu. İlk izlenim anlamında bu kötü görüntülerle oldukça geri kalsa da merdivenlerin sonuna geldiğinde kendisini bekleyen yerin oldukça etkileyici olduğunu fark etti. İlk önce rastgele göz atmıştı içeri. Sonra Gül'ün kendisine el salladığını görünce utanarak; "Benden önce gelmiş." diye mırıldandı. Daha sonra Gül'ün oturduğu masaya doğru giderken etkileyici güzelliği karşısında daha da utanmıştı. Oturduğu masada gülen gözleriyle o kadar güzel gözüküyordu ki. Ona doğru yaklaşırken; "Giydiği elbiselere bakılırsa oldukça zaman harcamış." diye düşündü. Sonra kendisinin paspal haline baktı. Ve utana sıkıla genelde bu durumlarda kızların sorduğu soruyu sordu. "Çok bekletmedim değil mi?"

Gülerek, "Hayır. Bende yeni geldim." diye cevapladı Gül. Ardından Serkan'la tokalaşıp, yerine oturdu ve konuşmaya başladılar.

"ÇOK ÜZÜLDÜM GERÇEKTEN. Tekrar başın sağ olsun!" dedi. Serkan'ın yüz ifadesinden aralarındaki yakınlık derecesini tahmin edebiliyordu. "Sağ ol." dedi Serkan. "En yakın arkadaşımdı. Sanırım artık yalnız sayılırım."

"Öyle deme." dedi bu defa Gül. "Yalnız olsan ben burada olamazdım değil mi?" Serkan bunun üzerine gülümseyerek cevap verdi.

Serkan, on beş dakikadır ölüm haberiyle içini baydığı Gül'ün yüzüne dikkatle bakıyordu şimdi. Sıkıldığı belli olsa da, sürekli kendisini teselli etmeye çalışmış ve yüzünü biraz güldürmek için elinden geleni yapmıştı. Belki "Hayatını kurtardığım içindir." diye iç geçirdi. Arkadaşının sadece ölü bulunduğunu söylemişti. Ne kalbi söküldüğünden; ne de o köprüde gördükleri adamı tekrar gördüğünden bahsetmişti. Falcıdan da konuşmamıştı hiç. Bir süre sessizlik oluşmuştu ki, "Kadere inanır mısın?" diye sordu aniden. Gül önce daldığı yerden uyandı. Ardından "Anlamadım." diyecek oldu. Daha sonra bundan vazgeçerek cevap verdi. "İnanıyorum." dedi. "İnanmasam burada olmam." Bu defa sözlerini bitirirken yüzü kızarmıştı.

"İşte bende onu düşünüyorum." dedi Serkan. "İnanmasan burada olmazdın. Peki o zaman Kader olur muydu?"

"Olurdu." dedi Gül. "Bana orada araba çarpmasaydı!" dedi. "Ya da sen gelmeseydin. Yani ben şu an burada olmasaydım. Başka bir yerde olurdum. Ama yine seninle birlikte..."

"Sen inanmıyor musun?"

Serkan muhabbetin bir anda geldiği noktaya şaşırdı. Gül'ün açık sözlülüğü karşısında mahcup bir hale bürünmüştü. Henüz ikinci buluşmalarıydı. Ve Gül, Serkan'dan etkilendiğini Kader vasıtasıyla dile getiriyordu.

"İnanıyorum." dedi Serkan. "Çünkü seninle tanışmamın başka bir açıklaması olamaz. Tesadüf; çok basit kalır." Gül; ilk başta aşırıya kaçtığı için pişman olsa da Serkan'ın söyledikleri karşısında rahatlamıştı.

Daha sonra tam iki saat anlattılar kendilerini birbirlerine. Ama Serkan; Paltolu adam ve Falcıyı hiç anlatmadı.

GÜL ILE BULUŞMASININ ardından tam bir saat geçmişti. Birkaç saat önce onunla buluşmayı bile ertelemeyi düşündüğünü hatırlıyordu. Ama buluştuğunda başından geçen her şeyi unutmuş yapması gerekenler aklının ucuna bile gelmemişti. Artık kabulleniyordu Serkan. Yaşadığı bunca şeyden sonra bile onunla buluştuğunda her şeyi unuttuğunu kabulleniyordu. Delice aşık olduğunu kabulleniyordu. Ama bu süreçte anlayamadığı birçok şey vardı. İlk önce her şeyin başladığı o günü düşündü.

Sibel, Bolu'da iken Harun'un kendilerine geldiği günü. O gün bir yerlerde define bulma fikrinden yola çıkarak Harun'un kendisine anlattığı şeylerin sarhoş olmasıyla ilgili olduğunu düşünüyordu. Bugünse, o gün anlattığı her şey; karşılaştıkları ve yaşadıklarıyla kafasını kurcalıyordu. O gece; "Bir mezar var." demişti Harun. "Nereden geldiği bilinmiyor; kime ait olduğu bilinmiyor; hatta içinde biri olup, olmadığı bile bilinmiyor!"

"EEE." DEMIŞTI SERKAN. "Ne olmuş yani?"

Bunun üzerine, "Bir adam." demişti Harun. "Aslında daha öncede bizim oralardan duymuştum. Bana orada küplerce altın olabilir." dedi.

"Hadi ulan." diye cevap vermişti Serkan o gece. "Biri mi dedi yoksa götünden mi uyduruyorsun."

"Yok ulan. Valla bak. Adam defineciymiş zaten. Daha önce bu Köyü araştırmış. Mezarda küplerce altın olabilir. Sen hiç o Köyle ilgili bir şey duymadın mı diye bana sordu hatta." söylenmesini çok iyi hatırlıyordu. Serkan da bunun üzerine; "Madem defineciymiş niye kendisi kazmıyormuş mezarı?" diye sormuştu. Harun da gülerek; "Ulan bir de mektebini okudun. Hiç duymadın mı tuzaklı, tılsımlı mezarları... O kadar kolay mı sanıyorsun kazmayı!" diye çıkışmıştı. Serkan da, "Kimmiş ulan bu adam?" diye sormuştu bu defa.

Harun da "Oğlum inanmayacaksın ama. Şu sizin aşağıdaki parkta yaşayan dilenci var ya... O dedi ulan valla." deyince; Serkan bir anda "Siktir git lan yavşak. İyice sarhoş oldun amına koyayım!" diye söylenip konuşmayı bitirmişti.

ŞIMDI TEKRAR TEKRAR bunları hatırlıyordu Serkan. Aklı allak bullak olmuştu ki elindeki kağıdı çıkarıp, adresi kontrol etti. Doğru yerde olduğunu anlayınca apartman zillerinin yanına gidip; Murat Kaya ismini buldu. Ve zile bastı.

"KIM O?" DIYE SESLENDI kapının arkasındaki adam. Ses tonundan orta yaşlarda olduğu tahmin edilebiliyordu. Serkan şimdi kapının önünde dururken; "Adım; Serkan." diyebildi. "Üç yıl önce olanlarla ilgili konuşacaktım. Misafir Kabul Etmez Köyü'nde olanlarla ilgili."

Bundan sonra hızla üç kilidinde ardı ardına açılma sesi duyuldu. Son kilidinde açılmasıyla kapı açılmış, ve fazla uzun olmayan kıvırcık saçlara sahip, sivri burunlu, gözleri kızarmış adam kapının ardında belirmişti. Serkan şimdi Murat'la göz göze gelirken; "İçeri gel." dedi Murat. Ve kapıyı ardına kadar açtı.

Ev; muhtemelen iki oda bir salondan oluşuyordu. İlk önce Kapı fazla uzun olmayan bir hole açılıyor; ve sonra odalara bölünüyordu. Odalara girmeyip; düz yürüdüğünüzde ise eskitilmiş mobilyadan yapılma diye tabir edilen cilası belli olmayan kapının ardında; salon ortaya çıkıyordu. Serkan da şimdi Murat'ın gösterdiği yolu takip etmiş ve salona gelmişti. Ev; fazla büyük olmasa da bulunduğu semtle de alakalı olarak değeri oldukça yüksek olmalı diye düşündü. Sonra da Murat'ın Bankacı olduğunu hatırlayıp; kendini doğruladı. Zihni bunlarla meşgul olurken Murat'ın da kendisiyle birlikte salona geldiğini fark etti. Birkaç saniye sonra da onunda telkiniyle kanepelerden birine oturmuştu. Murat'ta tam karşısındaki kanepede oturmaktaydı şimdi.

Aradan çok zaman geçmemişti ki; "Artık bu konuyla ilgilenmiyorum. Ama yine de merak ediyorum. Karımı kimin öldürdüğünü bulabildiniz mi?" diye sordu. Bunun üzerine; "Beni yanlış anladınız." dedi Serkan. "Ben polis filan değilim. Buraya o gece neler olduğunu öğrenmeye geldim." diye ekledi. Murat'ın gözleri şaşkınlıkla açılmıştı. Bir an panikleyip; "Kimsin o halde?" diye sordu. "Buraya neden geldin?"

"Sakin olun." diye cevapladı Serkan. "Haberiniz var mı bilmiyorum. Ama birkaç gün önce aynı yerde, aynı şekilde arkadaşım öldürüldü."

Murat; tedirginliğin verdiği bir tavırla; "Bu beni neden ilgilendirsin?" diyerek omuz silkmişti ki; "Lütfen!" dedi Serkan. "Neler hissettiğinizi anlayabiliyorum. Ama o gece hiç mi dikkat çeken bir şey görmediniz?"

Serkan'ın merakla bir şeyler öğrenmek isteyen hallerini nezarethanedeki haline benzetti Murat. Sonra da "O gece her şey dikkat çekiciydi." dedi. Ve başından geçenleri anlatmaya başladı.

"BIR NOT MU?" DEMIŞTI Serkan. "Dostum! Aşkına büyük saygım var. Ama inan bana bu kadını kalpsiz sevmen senin için en iyisi!" tarzında psikopatça bir mesaj." diye yineledi Murat. Sonra konuşmasını sürdürdü. "O gece birkaç saat sonra geldi

Jandarmalar. Ardından Köye gittiler. Döndüklerinde konuşmalarına şahit oldum. Köyde yaşayan herkesin aynı şekilde öldürüldüğünden bahsediyorlardı."

"Peki sonra?" diye heyecanla sordu Serkan. "Sonra beni gözaltına aldılar. Üç gün gözaltında kaldım. Cinayetlerin ardında hiçbir iz yoktu. İşin belki de en garip yanı, öldürülen Köylülerin hiçbiri nüfusa kayıtlı değilmiş." diye devam etti.

"Ne?!" dedi Serkan. Köydeki cinayetlerin söylenti şeklinde gazetelerde çıktığını okumuştu. Ama orada öldürülenlerin gerçektende Köylü olmadıklarını ilk defa Murat'tan duyuyordu. "Sonra olayı benim üstüme yıkmaya çalıştılar." diye devam etti Murat. "Olanları kimseye anlatmamam konusunda tehdit ettiler. Dediklerini yapmazsam; karımın Katili olacaktım. Ama şimdi sana anlatıyorum. Anlıyorsun değil mi?"

Murat'ın konuşmalarından sonra "Bana güvenebilirsiniz." diye cevap verdi Serkan. "Aynı şeyleri yaşıyoruz."

Murat kafasıyla kendisini onaylarken; "Peki o gece hiç siyah paltolu, genç birini gördünüz mü?" diye sordu. Bunun üzerine düşünerek; "Hayır." dedi Murat. Sonra da "Yoksa bu konuda farklı bir şeyler mi biliyorsun?" diye çıkıştı.

Kafasını olumsuz anlamda sıkıntılı bir şekilde salladıktan sonra "Bir şeyler var. Ama ne oldukları konusunda hiçbir fikrim yok." demişti ki; "Bildiklerini kendine sakla." dedi Murat. "Sakın polislerle filan paylaşma. Onların kendilerinden başka düşündüğü bir şey yok." dedi. Serkan'dan cevap gelmeyince; "Belki de artık benim gibi bu konuyu kapatmalısın." diye konuştu. "Çünkü orada olanlar normal şeyler değil! Mutlaka bunun sende farkındasındır. Kalbi sökülerek öldürülen insanlar... Garip olaylar... Senin anlattığın hikayeler... Belki de en iyisi burnumuzu hiç sokmamak!" dedi ve ayağa kalktı. Bu,

Serkan'a da "Başka söyleyeceğim bir şey yok." anlamında iletilen bir mesajdı.

Serkan'da ayağa kalkıp; Murat'ın elini sıkarak teşekkür etti. Sonra da "İnanın! Bunun için direniyorum." dedi. "Ama sanki tüm olanlar beni içine çekiyor."

Birkaç saniye sonra tam kapıdan çıkarken; "Bir şeyler öğrenirsen... Bana da haber ver." diye seslendi Murat. Serkan arkasına dönünce "Hiç değilse; ruhu rahat eder." diyerek karısıyla çekilmiş evlilik fotoğrafını gösterdi. Fotoğrafa bakınca son bir kez sahip olduklarını düşündü Serkan. Önce; Sibel sonra Gül geldi aklına. Ve; "Sanırım artık bu işte ben de yokum." dedi. Ve binayı terk etti.

Bölüm 11 - O'NUN SÖYLEMEK İSTEDİĞİ ŞEY...

Kırk gün sonra...

Serkan içinde biriken heyecanı bir türlü bastıramıyordu. Yaklaşık on dakikadır aynanın karşısında saçları ve giyim kuşamıyla uğraşıyor; ama bir türlü tatmin olmuyordu. Sibel de içeride ki odada; televizyondan sürekli izlediği müzik kanalını açmış; en sevdiği şarkılardan birini dinliyordu ki; "Ses ver!" diye bağırdı Serkan. Daha sonra Sibel sesi sona vurdurunca bu defa, "Abartma!" dedi. Sonra da yalan yanlış şarkıya mırıldanarak; eşlik etmeye başladı.

Her rüya da şiir gibi gözlerin.

Beni yakar küllerimi savurur.

Gece gündüz uyanmadan beklerim.

Emanettir kokun bir Gül de durur.

Bitmeden bu rüya ölsem.

Yüreğim avuçlarında.

Uyandırmasan; yok olup

Bitsem dudaklarında.

Getireceğim inan güneşi akşamlarına.

Uyandırmasan asılı kalsam göz yaşlarında...

Şarkı bitince; aynanın karşısından ayrılmadan "Kim söylüyordu?" bunu diye sordu. "Bolahenk!" cevabını alınca; "Güzel şarkıymış." diye bağırdı. Sonra da "Şunun Güllü kısmı neydi bir söylesene!" dedi. Bunun üstüne, "Hadi git abi ya!" dedi Sibel. "Kırk yılın sırtı bir sevgilin oldu. Onu da böyle araklama mesajlarla kaybetme istersen!" diye bağırdı.

Bunun üstüne, "Doğru söylüyorsun ulan galiba." diyerek içeri girdi Serkan. Girer girmez de, "Nasıl gözüküyorum?!" diye sordu. "Vaay!" yanıtını alınca; "Eee. Bugün çok önemli bir gün!" diyerek suratını aptal bir gülümsemeyle tavana çevirdi.

"Cebindekini gördüm." dedi Sibel. Suratı biraz asılır gibi olunca; "Peki; askıda asılı olan poşeti gördün mü?" diye sordu Serkan. Sibel'in aylardır almak istediği kolye vardı içinde. Gül ile yaşamaya başladıkları ilişkiden sonra kardeşinin bu durumdan pek hoşnut olmadığını fark etmişti. En nihayetinde evlendikten sonra kendisini yalnızlığa terk edeceğinden korkuyordu kardeşi. Serkan bu durumu anlayışla karşılıyordu. Ama kardeşinin endişelerinin boşa olduğunu bilmesini istiyordu. Annesinin ölümünden sonra hayata tutunduğu tek dalıydı o. Ve Ona dünyaları da verseler o dalı elinden alamazlardı. Neyse ki; Sibel bu durumları genelde içinde barındırdığı saflığında etkisiyle fazla büyütmezdi. Şimdi de hiç merak etmiyormuş gibi yavaş hareketlerle askılıktaki poşeti çıkarırken; birkaç saniye sonra sevinç çığlıkları attı.

"Bu o Kolye! O gün gösterdiğim! Vay canına!"

Art arda gelen birkaç anlamsız kelimeden sonra, tam "Bu benim mi?" diye soruyordu ki; Serkan poşeti elinden kaptı. Ve ciddi bir şekilde; "Hayır!" dedi. "Yüzüğü görmüşsün. Peki kolyeyi de gördün mü diye sormuştum. Yani o amaçla..." deyince; Sibel'in surat ifadesindeki değişikliği fark edip; "Şaka ulan! Şaka. Tabii ki senin!" dedi ve kahkahalarla gülmeye başladı. Sibel'in suratı da gülmeye başlamıştı şimdi. "Çok kötüsün!" dedi bir an için. Ardından kolyeyi takması için abisine verdi. Kolyeyi takarken; "Gitti." dedi Serkan. "Tüm param gitti valla."

Serkan kolyeyi taktıktan sonra hemen aynanın karşısına dikildi Sibel. Kardeşine fırsat vermeden "Çok güzel oldu." diye seslendi Serkan. Daha sonra cebindeki kırmızı kutuyu bulup; içindeki yüzüğü çıkararak; "Sence kabul eder mi?" dedi. "Benimle evlenmeyi kabul eder mi?"

Yaklaşık beş dakikadır elindeki yüzükle prova yapıyordu. Son denemesi de Sibel'in kendini tutamayıp gülmesi yüzünden başarısız olunca; "Gülmesene kızım!" dedi. "Senin yüzünden aynaya bakarak bile söyleyemiyorum ulan."

Son bir defa daha deneyecekti ki; kardeşinin telefonundan bir işler çevirdiğini anlayıp; "On oldu bu. Açma artık şu şarkıyı. Evlilikten soğutacaksın yemin ederim." diye seslendi.

"Ne yapayım tutamıyorum kendimi!" dedi Sibel. Sonra da; "Seni her zaman romantik görmüyoruz." diye ekledi.

"Canım kardeşim istersen bu önemli günde ağzımı bozdurma benim." dedi Serkan. Ardından gözü birden duvar saatine kayınca; "Hassiktir! Geç kalıyorum ulan!" diye bağırdı.

Ardından birkaç saniye içinde apar topar hazırlanıp; son bir kez aynada giyimine kuşamına göz gez gezdirip evden çıkıyordu ki; arkasından "Abi!" diye bir ses duydu.

Serkan "Geç kalıyorum dedim." diye yanıtlayınca; "Onunla evlenince beni bırakacak mısın?!" diye sordu bu defa. Olduğu yerde bir iki saniye kaldı Serkan. Ardından Sibel'in yanına gidip; "Böyle bir şey hiç olmayacak! Ben seni hiçbir zaman bırakmayacağım!" diye konuştu. Sibel'in yine gözleri gülmeye başlayınca; "Bana şans dile." deyip, çıktı.

YER YER BULUTLU AMA Güneşin rahatça yüzünü gösterebildiği, harika bir sonbahar havası hakimdi İstanbul'a. Deniz manzaralı çay bahçesi, içinde barındırdığı ağaçlara konan kuşların cıvıltısıyla dolmuştu. Oturduğu masadan denize doğru baktı Serkan. Bu önemli teklif için özellikle seçmişti bu yeri. Kapalı bir mekanda iç sıkan bir ortamda evlenme teklifi etmektense; böylesine bir yerde manzaranın da potansiyelini kullanmak istiyordu. Haftalardır yaşadığı kötü, garip olayların içinde tek bir iyisi olduğunu kavramış; ve Gül'e karşı adına aşk dedikleri bir takım değişik duygular hissettiğini kabul etmişti. Zaten Gül'de daha önceki buluşmalarında Kader'den bahsetmemiş miydi? Aklı bunlarla dolarken, içten içe heyecanlanıyor; yerinde durmakta zorlanıyordu. Heyecanlanma nedeninin yarısı Gül'e evlilik teklif edecek olması diğer yarısı ise telefonda konuştuklarında; Gül'ünde kendisine bugün önemli bir şey söyleyeceğini açıklamasından oluşuyordu. Bir an "Acaba ne söyleyecek?" diye düşünmüştü ki; bakışlarını denizden çevirince Gül'ün masanın dibinde bittiğini fark etti. Daha sonra panik hareketlerle yerinden kalktı. Ve birbirlerine sarıldılar.

GÜL; ÇANTASINI YANINDAKİ sandalyeye bırakıp; gülen gözlerle Serkan'a bakıyordu şimdi. Daha sonra "Nasılsın?" faslını geçip, uzun bir süre önemsiz konulardan konuştular. Bir an sessizlik olunca; "Önemli bir şey söyleyecektin sanırım?" diye endişeli bir şekilde sordu Gül.

Bunun üzerine; "Sende!" dedi Serkan. Sonra ikisi birden "Önce sen!" diye bağırdı.

Serkan; Gül'ün inatçı yüz ifadesinden boşuna uğraştığını düşünüp; "Tamam." dedi. "İlk önce ben söyleyeceğim."

"Söyle." dedi Gül.

Bu arada sıranın Serkan'a geçmesinden rahatlamamış daha da gerilmişti. Bir yandan da içinden "Allah'ım! Lütfen bu kadar erken olmasın." diyordu. "Lütfen evlenme teklif etmesin."

Bunun üzerine; "Evet. Benim söyleyeceğim; önemli şey..." dedi Serkan. Ardından tüm cesaretini toplayıp; "Şey..." dedi. "Benimle... Benimle evlenir misin?"

Sessizliğe gömülerek; "Ne?" dedi Gül.

"Seni çok seviyorum. Benimle evlenir misin diyorum!" dedi Serkan. Bir yandan da cebinden çıkardığı küçük kırmızı kutunun içindeki pırlantayı Gül'e uzatıyordu. Bu arada sahildeki çay bahçesinin, dolu olan masalarında oturan insanlar, filmlerden görmeye alışık oldukları bu sahneyi görünce, bakışlarını onların masasına çevirmişlerdi.

Gül, Serkan'ın sözlerinden sonra masum bir şekilde önce yüzüne sonra hala elinde tuttuğu pırlantaya baktı. Ardından gözlerinden yaşlar süzülürken, "Benim." dedi. "Benim... Benim söylemem gereken bir şey var." Daha sonra gözyaşlarına boğularak cümlesini tamamlamadan birden ayağa kalkıp, koşar adımlarla çay bahçesini terk etti.

Kanı çekilmiş olduğu yerde donakalmıştı. Öyle ki Gül, giderken arkasından bile seslenemedi. Pırlantanın içinde bulunduğu kutuyu da havada tutmayı bırakıp, umutsuzca ellerini masanın üstüne koyunca; "Ne?!" diye mırıldandı. "Ne oldu şimdi?!"

Onu daha iki - üç gün önce aramış; çok önemli bir şey söyleyeceğini açıklamıştı. Gül'ün de "O halde bende sana önemli bir şey söyleyeceğim." sözleri geliyordu aklına şimdi. "Ne?" dedi tekrar. "Bana ne diyecekti?!" diye düşündü. Yavaş yavaş yaşadığı şok etkisini gösterince; önündeki masaya hızlıca vurdu ve çay bahçesini terk etti.

BİRKAÇ SAAT SONRA...

İkindi sıcağı yavaş yavaş kendisini göstermeye başlamıştı. Serkan saatlerdir sokaklarda yürüyor, yürüyor ve yürüyordu. Eli birçok kez telefona gitmiş ama hepsinde de son anda vazgeçmişti. Ruh hali sıkıntılı, kafası karmakarışıktı. Günlerdir bu anı düşünmüş; üstüne tozpembe hayaller kurmuştu. O an gelip çattığında ise kurduğu hayallerin tam zıttıyla yüzleştiğini fark ediyordu. Ne yapmak istediği konusunda hiçbir fikri yoktu. Tıpkı Gül'ün ne demek istediği konusunda olmadığı gibi...

Bir an için tüm bu olanların korkunç bir kabus olduğunu düşünmüştü ki; telefonu çalmaya başladı. Ekrana bakıp, arayanın Gül olduğunu görünce alelacele açıp; "Neredesin Gül?!" dedi. "Neredesin?"

"Çok üzgünüm." diye konuşmaya girdi Gül. Ardından "Sana söylemekten çekindiğim şeyler var." diye ekledi. Ses tonundan hala ağladığı belli oluyordu. Serkan da telefonun öbür ucunda çok garip hissediyordu kendisini. "Neyi söylemeyeceksin?" diye sordu bu defa. "Evlenmemize mani olan şey ne?"

Gül; bir kez daha "Ben..." dedi. Serkan nefesini tutmuş Gül'ün konuşmasını devam ettirmesini beklerken; bir çığlık duydu. Gül'ün çığlığı. Sonra "Gül!" diye bağırdı art arda. Ama seslenişlerinin hiçbirine cevap alamadı.

NEFES NEFESEYDI. KALBI yerinden çıkacakmış gibi atıyor; birkaç saniye soluklandıktan sonra koşmaya devam ediyordu. Olabildiğince iyi geçmesini düşündüğü gün kabus gibi üzerine çökmüştü sanki. Aklı artık hiçbir şeyi düşünmüyordu. Odaklandığı tek nokta Gül'e ne olduğuyla ilgiliydi. Onun çığlıklarından sonra telefonun kapanmasının ardından koşarken birkaç kez daha aramış; ama ulaşamamıştı. Bacaklarında derman kalmadığı anda Gül'ün evinin önünde belirdi. Ve kapılarını yumruklamaya başladı.

DURMADAN YUMRUKLUYORDU kapıyı. Bir an önce açılsın diye ne yapacağını şaşırmıştı ki; kapı açıldı ve Gül'ün on beş yaşındaki kardeşi Nur kapıda belirdi. "Ablan nerede?" dedi Serkan hızlı hızlı. Koşmasından dolayı sesi kesik kesik çıkıyordu.

"Ablam seninle buluşmayacak mıydı? Yoksa bir şey mi oldu? " diye panikle sordu Nur.

"Buraya hiç gelmedi mi?"

"Hayır. Öğleden sonra seninle buluşacağını söyleyip çıktı." dedi. Küçük kızın ses tonu artık titreyerek çıkıyordu.

Bu defa artık her şeyi söylemenin daha iyi olacağını düşündü Serkan. "Benimle buluştu. Sonra ayrıldık. Ayrıldıktan birkaç saat sonra telefonla aradı. Konuşurken, konuşurken...

Birden çığlık attı ve telefon kapandı. Şimdi arıyorum. Ama ulaşamıyorum."

Nur'un suratı ağlamaklı hale bürünmüştü şimdi. "Anne!" diye bağırdı birden. Sonra; "Ablam... Yoksa tüm söyledikleri doğru muydu?" diye söylendi kendine. Serkan; endişeden ve meraktan çıldırma noktasına gelince; Nur'u tutup; olduğu yerde sarstı. Ve tüm gücüyle bağırdı. "Ne diyorsun?! Ne söyledikleri?!"

Nur bu defa ağlayarak; "Sen bilmiyor musun?" dedi.

"Neyi?!" diye bağırdı bir kez daha.

"Ablam... Ablama araba kazasından sonra bir şeyler oldu. Geceleri sürekli çığlık atıp, uyanıyordu. Birileri korkutuyormuş onu. Beni kaçıracaklar... Bir mezara gömecekler deyip; duruyordu. Ağlıyordu sürekli. Son bir haftadır çok kötüleşmişti durumu. Babam hastaneye götürecekti onu!" dedi hızlı hızlı. "Yoksa; gerçekten kaçırdılar mı onu?!" diye bağırdı sonra. Artık, göz pınarlarını kendini koyuvermişti.

"Ne?!" dedi Serkan aniden. "Ne mezarı ne diyorsun sen?"

"Bi... bi... Bilmiyorum." dedi Nur. "Tüm bunlar kazadan sonra oldu. Sonra giderek daha da kötüleşti."

Serkan; beyninden vurulmuşa dönmüştü şimdi. Aklı yine o gün köprüde gördükleri ve sonra Kasaba' da bir kez daha gördüğü adama gitti. Sonra birdenbire ormanın içindeki mezar geldi aklına.

Kendini toparladığı anda, "Neden bunları bana söylemedi?" diye mırıldandı. "Korkmuştu." dedi Nur. "Sana söyleyince; onu deli diye terk etmenden korkmuştu."

Bölüm 12 - YAŞLI ADAM

Evine ulaştığında bir süredir başından geçen olayları düşündü. Kafasında bunların hepsinin tek bir sebebi vardı. Sebep, Mezardı. Bir süredir yaşadığı olayların hepsinin bu mezarla ilgili bir şeyler öğrendikten sonra olduğunu hatırlayınca irkildi. Onu ilgilendiren; ne Harun'un bahsettiği küplerce altınlar ne de içinde gerçekten ne olduğuydu. Onu şu anda tek ilgilendiren Gül'dü. Kafasını kurcalayan tüm soruların ve en önemlisi Gül'e ne olduğunun cevabı ise Mezarda gizliydi.

SIBEL'IN "NE OLDU?" seslenmelerine aldırış etmeden doğruca çok hızlı bir şekilde adeta depoya dönen kullanılmayan eşyaların olduğu bölüme girdi. Ve hızlı bir şekilde duvara asılı olan dedektörünü çıkardı. Daha sonra evin balkonuna koyduğu kazmayla küreğini de çıkartırken, cep telefonuyla Mehmet'i arayıp; arabasının müsait olup, olmadığını sordu. "Araba senin!" yanıtını alınca, hazırlanmaya devam etti. Sibel abisinin garip davranışlarını görünce endişelenmiş ve bir kez daha "Ne olduğunu?" sormuştu. Bunun üzerine Sibel'e dönüp; önemli bir şey olmadığını ve sabaha geleceğini söyleyerek kardeşinin endişelerini dindirdi. Tam on beş dakika sonra Mehmet gelip arabanın anahtarını bırakırken yardıma ihtiyacı olup, olmadığını sordu bu defa. Serkan, ona da önemli bir şey olmadığını kendi halledebileceğini söyleyip, gönderdi. Ve üstündeki elbiseleri çıkarıp, iş gömleği ve eski pantolonlarından birini giydi. Ayaklarına da iki ay önce aldığı dayanıklı spor ayakkabılarını geçirirken, dedektörünü, kazmasını ve küreğini çöp torbalarına yerleştirdi. Evden çıkmaya hazır olduğu anda kol saatine son bir kez baktı ve dışarı çıktı. Bu sırada hava çoktan kararmış, saat akşam dokuz çeyreği gösteriyordu.

Yaşlı kadın; Arnavut kaldırımlı sokaktan ağır adımlarla Kafe'ye doğru yürürken; aklı her zaman ki gibi karışıktı. Bedeni yıllar içinde eskimiş; romatizmalı bacakları vücudunu zor taşır olmuştu. Kapıya geldiğinde anahtarları yeleğinin cebinden çıkaracaktı ki; kapının açık olduğunu fark etti. Daha sonra "Ah çocuk!" diye fısıldadı. "Biraz dikkat etsene."

Kafeyi beraber işlettiği; Orhan adındaki genceydi sitemi. Genelde akşam saatlerinden sonra kafeyi ona emanet eder; kendisi evine çıkardı. Orhan da arkadaşlarıyla içerken; bazen sınırı aşar, kapıyı açık unutup giderdi. Daha önce de birkaç defa olmuştu bu. Bu yüzden İffet'te artık her gece son bir kez kapıyı kontrol etmek için tekrar Kafe'ye gidiyordu. Ama neyse ki; Dadastana Kasabası'nda hırsızlık olayları yok denecek kadar azdı.

İçeri adımını attığında ışıkları yakmak için anahtara dokunacaktı duyduğu sesle olduğu yerde donakaldı.

"Sakın sesini çıkarma. Kapıyı da içeriden kilitle!"

İffet; sesin sahibinin yüzüne baktığında şaşkınlığı bir kat daha artarak; "Senin ne işin var burada!" diye söylendi.

"Şaşırmış numarası yapma. İnandırıcı olmuyor." diye mırıldandı Serkan.

Bunun üstüne "Söylediklerini anlamıyorum çocuğum." deyince; "Gayet iyi anlıyorsun." diye cevapladı. Ardından oturması için sandalyeyi işaret etti.

İffet sakin bir şekilde ağır adımlarla sandalyeye otururken; "Tam düşündüğüm gibi... Sessiz mizacının altında yatan saldırgan yapını ilk gördüğümde anlamıştım." diye fısıldadı.

Serkan ilk önce kapının kilidini kontrol edip; sonra İffet'e döndü. Ardından konuşmaya başladı. "Buraya kişilik analizlerini dinlemeye gelmedim. Kaybedecek zamanım yok.

Bana hemen Gül'ü neden kaçırdığınızı ve onun nerede olduğunu söyleyeceksin!"

"Hala bir şey anlamıyorum. Sanırım suç ortağım da var. Baksana çoğul konuşuyorsun!"

"Aptal numarası yapma!" diye bağırdı Serkan. Ardından sakin olmaya çalışıp; "O siyah giysili adamı buraya girerken gördüm." dedi. Daha sonra "Ya da dur! Sen hangi adamı diye sormadan önce her şeyi baştan anlatayım." diye ekledi ve konuşmaya başladı.

"O gün; bana çok kısa zaman içinde köprü ya da yol ayrımı gibi bir yerde hayatım değişecek dedin. Buradan ayrıldıktan iki gün sonra; İstanbul'da Unkapanı Köprüsünde Gül adında bir kızla tanıştım. Peki nasıl biliyor musun? Köprüde gördüğü birinden çok korkmuş. Beraber yürüyebilir miyiz dedi. Çok değil beş dakika sonra kıza araba çarptı. Ondan iki hafta sonra parklarda yaşayan bir dilencinin lotoyu tutturduğunu öğrendim. Hem de benim sayemde... Kısa zaman önce birine yardım etmişim onun hayatı değişmiş değil mi? Daha sonra o araba çarpan kız iyileşti. Ve teşekkür etmek için yanıma geldi. O gün bir kez daha gördüğümde emin oldum. O kıza aşık olmuştum. Sonra Harun'un bu uğursuz Kasaba' da kalbi sökülerek öldürüldüğünü öğrendim. Cenazesine geldiğimde bana saçma sapan hikayeler anlattın. Amacın şuydu. Harun'un o Köy ve mezarla ilgili bana bir şeyler söyleyip, söylemediğini öğrenmek istiyordun. Ve olayların seninle olan kısmına geliyoruz. Buradan çıkıp; İstanbul'a gidiyorken Kasaba'nın girişinde Gül'ün benden yardım istemesine neden olan adamı gördüm. Ve takip ettim. O adam senin yanına geldi."

Serkan'ın sözlerini bitirmesinden sonra İffet'in gözleri şaşkınlıkla açıldı. Bu durumu pek belli etmek istemese de,

Serkan çoktan anlamış ve "Sanırım suç ortağın o kadarda kusursuz biri değil." diye eklemişti.

İffet; "Bunun benimle alakası yok." gibilerinden bir şeyler geveliyordu ki; "Evet. O adamı senin yanına gelirken görmeseydim. Benimle bir alakası yok diyebilirdin. Ama bu durumda diyemezsin. Harun'un ölümüyle de alakanız olduğunu biliyorum. Misafir Kabul Etmez Köyü'ndeki öldürülenlerle de... Ama anlattığım olay burada bitmiyor. Bundan kırk gün sonra Gül'e evlenme teklif edecekken; birdenbire ağlayarak yanımdan uzaklaştı. Birkaç saat sonra telefonda nedenini öğrenecekken çığlık seslerini duydum. Bir daha da haber alamadım. Ve sonra korkunç bir şey öğrendim. Gül araba kazasından sonra hiçbir zaman iyileşmemiş. Birileri sürekli rüyalarına girip korkutuyormuş onu. Söylediğine göre onu korkutanlar; kaçırıp, bir mezara gömeceklermiş."

Serkan artık tamamen kumar oynuyordu. Gül'ün başına gelenlerden sonra hızını alamamış ve soluğu Dadastana' da bulmuştu. Olayların bu kadınla bir ilgisi olduğuna yüzde yüz emindi. Bu kadının boğazına sarılarak bir şeyler söyletemeyeceğini bildiği için farklı bir plan yapmıştı. Ama henüz son kozunu oynamamıştı.

İffet; birkaç saniye Serkan'ın yüzüne baktıktan sonra gülmeye başlayıp; "Söylediklerin hiçbir şeyi kanıtlamaz." dedi. "Buraya geldiğini söylediğin adamı da hatırlamıyorum. Belki de senin aşık olduğun kız delidir. Hem bir şey söylemezsem ne yapacaksın. Öldürecek misin beni!"

Serkan kadının zorlama kahkahasından sonra "Mutlaka bir şeyler biliyor." diye düşünüp; cevap verdi. "Aslına bakarsan insan öldüren siz ikinizsiniz. Hatta çok ileri gittiğiniz de açık. Bu yüzden kendimi korumaya aldım. Buraya geldiğimden arkadaşımın haberi var. Ayrıca bu birkaç gün içinde burada ölürsem sorumlusunun sen olduğunu gösteren mektuplar çeşitli kişilere gönderilecek. Ama sorduğum sorulara cevap alamam durumunda yapacağım bir şey var."

İffet bunun üstüne bir kez daha gülüp, "Ne yapacaksın?!" diye söylenmişti ki; "Kolye!" dedi Serkan. İffet'in gözleri bir anda tedirginlikle büyüyünce; "Boynundaki kolye; seni ilk gördüğümde dikkatimi çekti. Eski şeylere karşı hep ilgim vardır. Görünüşünden çok eski zamanlara ait olduğu anlaşılıyor. Ve o kolyenin basit bir kolye olmadığına yemin edebilirim."

"Ne saçmalıyorsun?" dedi İffet. Artık zoraki gülümsemesi kaybolmuş, vücudunu bir korku sarmıştı. "Buraya gelmeden önce seni araştırmıştım. Ne sanıyorsun? Başıma gelecekleri önceden bilen birinin söylediklerine; Tesadüf deyip geçmemi mi? Kasabalının söylediğine göre cinlerin varmış. Yaklaşık yirmi yıldır Misafir Kabul Etmez Köyü'nün, Dadastana Kasabası'na uğursuzluk getirdiğinden bahsedip; onların Şeytan'ın yardımcıları olduğunu anlatıyormuşsun. Yalnız söylenenler arasında bir şey dikkatimi çekti. Bu Kasaba' da yıllardır Cinlerin musallat olduğu bir sürü çocuğu, genci, yetişkini iyileştirmişsin. Bunların sonucunda Kasabalı senin çok yüce biri olduğunu düşünüp; tüm söylediklerine inanmaya başlamışlar. Ama ben farklı düşündüm."

İffet; Serkan'ın sözlerinden sonra sessiz kalmıştı ki; Serkan devam etti. "Belki de onları hasta eden de sensindir. Öyle değil mi? Önce onları musallat et. Sonra da kurtar. Kasaba halkı sana inanınca da o cahil insanlara Misafir Kabul Etmez Köyü'ndekilerin Şeytan'a hizmet ettiklerinden; Onların cehenneme gideceğinden filan söz et. Kafanda efsaneler üret.

Sonra da halkın arasında yay. Ve gün geldiğinde on iki kişinin ölümü bile normal karşılansın."

İFFET, GÖZLERI KORKUYLA büyürken; ağzından kelimeler zorlukla döküldü. "Ben... Ben sandığın gibi biri değilim."

"Sandığım gibi biri değil misin?" diyerek güldü Serkan. Sonra da ''Madem öyle biri değilsin; o zaman Gül'ün nerede olduğunu söyle! Ve o adamı nereden tanıdığını anlat!" diye ekledi.

"Yapamam." diye fısıldadı. "Onun nerede olduğunu bilmiyorum. Daha fazla bir şey söyleyemem. Lütfen git buradan."

"Söylemek zorundasın!" diye çıkıştı Serkan. "Eğer iyi biri olduğunu söylüyorsan; bana yardım etmek zorundasın."

Daha fazla vakit kaybetmek istemiyordu artık. Onun için geçen her saniye Gül hakkında daha fazla endişe demekti. Bir an önce aklındaki sorulara cevap almayı düşünürken; "Kasaba'nın iki kilometre kadar uzağında bir kulübe var." dedi İffet. "O kulübedeki kişi sana yardım edebilir. Daha fazla bir şey sorma ve git buradan artık!"

Serkan duyduklarından sonra birdenbire kendine geldi. Son sözlerinden sonra bir cevap almayı düşünmeyip, kadının kolyesini koparmayı aklından geçirdiği anda aldığı cevap sonrasında bir anda gözlerini İffet'e dikmişti şimdi. Bunun üstüne yaşlı kadın bir kez daha "Sandığın gibi biri değilim." derken; yeni sorular sormayı düşündü. Ardından kadını daha fazla konuşturamayacağını anlayıp, oturduğu yerden kalkarak "Söylediklerine inanmak istiyorum." deyip, hızlı adımlarla dışarı çıktı. Çıkarken; kadının sözlerine inanmaktan başka bir seçeneği olmadığını da biliyordu.

SERKAN, MEHMET'TEN ödünç aldığı arabayı, İffet'in yanından çıktıktan sonra hızla Kasaba'nın iki kilometre uzağına sürerken bir yandan da gözleriyle etrafı süzüyordu ki; kendisine göre yolun solunda kalan metruk kulübe dikkatini çekti. Dışarıdan bakıldığında ahşaptan yapılmış estetik yoksunu pencereleri ve sıvası akan dış cephesiyle oldukça döküntü gözüküyordu. Ama ilk bakışta asıl dikkat çeken nokta etrafı çitlerle çevrilmiş bu kulübenin hemen yanındaki mezardı. Serkan da şimdi hızlı adımlarla kapıya yaklaşırken, bu durumu fark etmiş, şaşkın gözlerle bakıyordu ki; bir anda "Kim var orada?!" diye bir ses duydu.

Biraz daha yaklaşınca sesin içeriden geldiğini fark edip, ne diyeceğini şaşırdı. Ve; düşünmeden "Ben!" dedi. Sonra düzeltip; "Yardıma ihtiyacım var. Kasabadaki Falcının dediğine göre sadece sizin bana yardımınız dokunabilirmiş!" diye bağırdı.

Birkaç saniye sessizlikten sonra, "İçeri gel." dedi kapının arkasındaki ses. Serkan'da bir an tereddüt edip sonra sesin komutunu yerine getirdi.

İçeri girdiğinde gözüne çarpan ilk şey odanın karanlık atmosferiydi. Gözünü biraz sola çevirdiğinde ise neredeyse karnına kadar uzanan sakalları, tuhaf giyim tarzı ve başına geçirdiği pelerininin kapüşonuyla oldukça tezat görünen yaşlı adamı gördü.

Serkan içeri girdiğinde adam bakışlarını çevirmemiş ve oturduğu sandalyeden; el işaretiyle Serkan'ın oturacağı yeri göstermişti. Yani önünde bulunan eski püskü masanın tam karşısını.

Sesini çıkarmadan denileni yaparak adamın tam karşısına oturdu Serkan. Birkaç saniye sonra yüzüne baktığında ise, suratında oluşan çizgilerin oluşturduğu kırışıklıkları, yorgun kara gözlerini fark etti. Adamın suratına bir bütün olarak baktığında ise bilgeliği gördü.

Yaşlı adam da, Serkan'ın yüzüne bakıyordu şimdi. Bir müddet geçen sessizlikten sonra, "Onun bir resmi var mı?" diye aniden sordu.

"Ne?" dedi Serkan. "Anlamadım."

"Buraya sevdiğin kızın nerede olduğunu öğrenmek için gelmedin mi?" diye sordu bir kez daha. Sonra da "Sende bir resmi var mı?" diye ekledi.

Şaşkınlıktan neredeyse küçük dilini yutacaktı. Adamın sözlerinden sonra şimdi tüm tüyleri kabarmış, içi korkuyla dolmuştu. Bir an aklı karışırken; sadece cevap vermesi gerektiğini düşünüp; "Evet." dedi. Ardından titreyen elleriyle cüzdanını çıkarıp, Gül'ün resmini yaşlı adama uzattı. Resmi görür görmez yaşlı adamın gözleri şaşkınlıkla açıldı. Tüm dikkatiyle resmi incelerken, umutsuzlukla başını sallayıp, "Unut onu." diye fısıldadı. "O artık bu Dünya'ya ait değil."

Duyduklarından sonra sinirle sandalyeden kalkıp, yaşlı adamın yakasına yapışarak; "Ne diyorsun sen?" diye bağırdı. "Tüm bu olanların anlamı ne?"

Yaşlı adam; yorgun bedeni sarsılırken daha önce buna benzer sahneyi bir kez daha yaşadığını hatırlayıp, şaşırarak; "Ne öğrenmek istiyorsun?" diye mırıldandı.

"Her şeyi!" diye bağırdı Serkan. Ardından biraz aşırı gittiğini düşünüp, ellerini adamın yakasından çekerek rahat konuşmasına izin verdi.

"Sen neyi anlayabilirsin ki?" diyerek konuşmaya girdi adam. Ardından devam etti. "Vakit çok geç olmadan git buradan. Olanların seninle bir ilgisi yok. Gözlerine baktığımda neler yaşadığını görebiliyorum. Ölen arkadaşın ve o kız için gerçekten üzgünüm. Ama senin bu durumda yapabileceğin hiçbir şey yok. Bende bir şey yapamam. Üzgünüm. Sana yardım edemem."

"Bana o adamın yerini söyle!" diye bağırdı bu defa. Bunun üstüne yaşlı adam sakalını sıvazlayarak cevap verdi. "Kulübenin yanındaki mezar."

"Ne?"

"Sana anlayamazsın demiştim. Tüm düşüncelerinde haklısın. Ama anlamana yetmez. Artık olanları ben bile anlayamıyorum. Onu durduramazsın. Onu artık hiçbirimiz durduramayız."

Serkan şaşırmanın verdiği etkiyle gülümseyerek; "Yani bana o adamın daha önce öldüğünü söylüyorsun." dedi.

"HAYIR." DIYE CEVAPLADI adam. "Öldüğünü söylemedim. Ama bu kulübenin yanındaki mezar ona ait. İçindeki kemikler; onun kemikleri. Ama ölmedi. İnsanları öldürdükçe yaşamaya devam edecek."

"Anlamadım." dedi Serkan. Bir – iki saniye sessizlikten sonra, "Kalp..." dedi yaşlı adam. "İnsanın ruhu kalbinden tüm bedene yayılır. Ruh bedenden arıtıldığında geriye sadece kemikler kalır. Yaşadığın tüm duyguları kalbinde hissedersin.

Çünkü ruhunun kaynağı oradadır. İnsanın ruhu kalbidir. Onun ruhu geçişini tamamladı. Bu yüzden burada yaşamak için başka ruhları almak zorunda. Yani insanların kalplerini."

Duyduklarından sonra tüm bedeni korkuyla titredi. Söyleyecek bir şeyler bulmak istiyor ama yapamıyordu. Kendini toparladığı anda güçlükle; "Bu yüzden mi?" diyebildi. "Bu yüzden mi öldürdüğü insanların kalplerini söküyor."

"SADECE BU YÜZDEN DEĞIL." diye cevap verdi yaşlı adam. Ardından devam etti. "Onun bu Dünya'da yaşaması için kalplere ihtiyacı var. Ama geldiği yerde buna ihtiyacı yok."

"Ne demek istiyorsun?" diye sordu bu defa.

Yaşlı adam bir iki saniye durakladıktan sonra derin bir nefes alıp, konuşmaya başladı.

"Bundan asırlar önce yaşayan bir topluluk vardı." diyerek söze girdi. "Bu topluluğu oluşturan insanlar hayatlarını tek bir şeye adadı. Abı-hayat... Yani Ölümsüzlük... Dünya üzerinde her yere baktılar. Aradılar, taradılar. Bir şey elde edemediler. Ve en sonunda ölüme yenik düştüler. Topluluk nesilden nesile değişti. Ama yerine yetişenlerin amacı değişmedi. En son gelenler kendilerinden öncekilerin bıraktığı bayrağı devralıp, aramaya devam etti. Yıllar, yılları kovaladı. Sayıları giderek azaldı. En sonunda sadece iki kişi kaldılar. Bu iki kişi; bir gün... Bir gün... Bir şey buldu. Bir bilgi elde etti. Bu Dünya üzerinde gerçekten de Abı-hayatın olabileceği bir yer... Ve en sonunda uzun uğraşlar sonucunda o yere ulaşmayı başardılar."

"Misafir Kabul Etmez Köyü!" diye mırıldandı Serkan. Başını "Evet." anlamında salladıktan sonra devam etti ihtiyar. "Ölümsüzlüğe ulaşmak için birçok yol denediler. Ve en sonunda başardılar. Ya da başardıklarını sandılar. Bu iki kişiden biri buldukları şeyin; Ölümsüzlük olmadığını fark etti. Ona göre buldukları şey; diğer insanlara ölüm getiren, büyük bir kandırmacaydı. Ama diğeri ulaştığı sonuçtan mutluydu. Hayatı sandığı şeyden mutluydu. Ve en sonunda aralarında büyük bir husumet doğdu. Ve buldukları şeyin; diğer insanlara ölüm getirdiğini savunan kişi; diğerini içinde bulunduğu sonsuz kandırmacaya hapsetti. Ve ondan yıllar sonra 1969 yılında Korkunç bir şey oldu."

Adam sözlerini tamamladıktan sonra durunca; "Ne oldu?" diye sordu Serkan. Artık o da gerçekle yüzleşmek istiyordu. Ama adamdan saniyeler sonra beklemediği bir cevap aldı. "Daha fazlasını söyleyemem. Yaşamak istiyorsan bir an önce gitmelisin buradan."

Hayal kırıklığıyla yüzünü buruşturarak; "Hiçbir yere gitmiyorum." dedi. "Bana her şeyi anlatacaksın."

"Çok az vakit kaldı. Artık önünde üç yol var." dedikten sonra devam etti yaşlı adam. Olabildiğince hızlı olmaya çalışıyordu. "Birinci yol; Yaşadığın yere geri dön. Bildiğin her şeyi unut. Hayatına devam et. İkinci yol; Burada bekle ve bir hiç uğruna öl."

"Peki öbürü?"

Yaşlı adam "Unut gitsin!" demişti ki; "Söyle!" diye bağırdı Serkan.

"Sevdiğin kızı kurtarman hala mümkün olabilir. Sanırım biraz vakit daha var! Yani şafak sökene kadar! Çünkü onu kaçırma nedeni ruhuna sahip olmak değildi." dedi.

"Neydi peki?" diye sordu heyecanla.

"Onu kaçırmasının nedeni geçmişinde gizli! O tahmin edemeyeceğin kadar saplantılı biri."

"Gül'ü nerede tutuyor?" diye sordu bu defa.

"Karasu Ormanı'nda. Ama onu kurtarmaya çalışırsan; ölebilirsin. Çok az zaman kaldı. Buraya geliyor; hissediyorum."

Serkan, masadan kalkarken; "Belki de diğer sorulara kendim cevap bulmalıyım." diye düşünmüştü ki; "Hangisini seçtin?" diye seslendi Yaşlı Adam. "Ne yapacaksın?"

Serkan, Kulübeyi terk ederken, Yaşlı Adam'ın sorusu üzerine durdu ve arkasına dönmeden cevap verdi. "Gül'ü kurtarabilirim. Daha önce bunu başardım. Belki benim buraya gelmem ve bu olanların hiçbiri tesadüf değildir. Belki de ben onu durduracak kişiyimdir!"

İFFET; SERKAN, KAFEDEN ayrıldığından beri karmaşık düşünceler içindeydi. Aslında kafasının içindeki bu düşünceler Zervan' la tanıştığı günden beridir zihnini meşgul ediyordu. Neredeyse; kırk yıldır kendisine söylediği hemen hemen her şeyi yapmıştı. Bu Kasaba' ya geldiği günü dün gibi hatırlıyordu şimdi. Daha Sofya iken, Zervan'ın kendisine getirdiği resimlere bakarak emrindekileri o resimlerdeki insanların başına musallat etmişti. Yaklaşık bir ay sonra da Dadastana Kasabası'na yerleşmiş ve emrindeki varlıkları geri çekerek daha ilk günden Kasaba halkının saygısını kazanmıştı. Zervan'ın yaptığı bu plan sonrasında gün geçtikçe istekleri artmış ve en sonunda planladığı gibi Misafir Kabul Etmez Köyü; Dadastana Kasabası ve civar köylerdeki halktan tamamen kopmuştu.

Yaptıkları bu plan dışarıdan bakıldığında her ne kadar kusursuz gözükse de, Misafir Kabul Etmez Köyü'nde yaşayan bir kişi; kendilerine yöneltilen nefretin kaynağını anlamış ve Kasaba halkını kendilerine yönlendiren; İffet'i bulmuştu. O

Yaşlı Adamla buluştuğu gece de hafızasında tüm canlılığıyla yer ediyordu şimdi. Yalnız; İffet'le, Yaşlı Adam'ın buluşması fiziksel bir buluşma değildi. Birbirleriyle, rüyalar vasıtasıyla etkileşime girmişlerdi. Bunu planlayan adam ise Yaşlı Adamdı. O; korkunç cinayetler yaşanmadan çok az bir zaman önce gerçeğin farkına varmış ve Kasabalının kendilerine yönelttiği nefretin Zervan için bir ön hazırlık süreci olduğunu kavramıştı. Tabii bunun için İffet'i kullandığını da anlamıştı. Bunun sonrasında Zervan'a yakalanmadan İffet'in dikkatini çekmeyi planlamış ve hedefine ulaşmıştı. Ama İffet içinde barındırdığı korku nedeniyle son güne kadar hiçbir şey söyleyememişti. Zervan' ın Köye saldırdığı karlı kış akşamı ise kalbinin derinliklerinde bir yerlerde kendisini yıllar önce Genelev' den kurtaran bu adamın kötü biri olduğunu hissetmiş ve son anda güçleri vasıtasıyla Yaşlı Adam'ı uyarmayı başarmıştı. Ama bu uyarı Köyde yaşayan diğer on iki kişi için oldukça gecikmiş bir uyarı olmuş ve onlar için hiçbir şey ifade etmemişti. Yine de o gece Yaşlı Adam'ın tek başına kurtulmasını sağlayan o uyarı bugün bakıldığında belki de bir Kader'i değiştiriyordu.

İffet, bu düşüncelere boğulup giderken yanına kadar gelen adamı fark etmemişti ki; "Sofya." sesiyle kendine geldi. Ve kalbinin derinliklerinde hissettiği korkuyla; Zervan' a baktı.

Zervan; İffet'in kendisine bakmasıyla, "Çok dalgınsın." anlamında mimik yaparak karşısına oturdu. Ve konuşmaya başladı. "Neredeyse kırk yıl oldu Sofya." dedi. "O günkü ürkek bakışların hala aklımda. O ürkek bakışlarının kolyeyi boynundan geçirdiğimde birden ben duygusuna geçişi... Gerçekten inanılmazdı. Bunu fark ettiğimde seninle birbirimize benzediğimizi hissetmiştim. Ama en çok da ona benzediğini."

"Kime?" diye sordu İffet kaygısızca. İçinde bir yerlerde bu konuşmanın kötü biteceğini hissediyordu. "Seni çocukluğundan beri izlediğimi söylemiştim değil mi?" diyerek hınzırca gözlerini kıstı. Ve devam etti. "Aslında o gün söylediğim tam anlamıyla doğru değildi. Seni izleyen ve bu yolculuğumda bana yardımının dokunacağını söyleyen, sendeki özellikleri benden önce fark eden... Hatta boynundaki kolyenin gerçek sahibi..."

İffet; "Neden bahsediyorsun?" demişti ki; "Biz ona Kraliçe deriz." diye cevap verdi Zervan. "Belki de seni halefi gördüğü için seçmişti." diye ekledi ardından.

"Peki şimdi de o kızı mı seçti?" dedi İffet. Aklı artık iyice karışmıştı. "Hayır." diye cevap verdi Zervan. "O bana Kraliçe'nin vaadiydi. Senin yeteneklerin sayesinde bulacağımı söylemişti. Ve dediği gibi de oldu. Onu ilk gördüğümde neler hissettiğimi anlayamazsın."

"O zaman neden rüyalarına girip, onu korkutmamızı istedin." diye sordu İffet. Yaklaşık iki ay önce Zervan yanına gelmiş ve ona son isteklerini bildirmişti. Bu isteklerden biri de İffet'in sahip olduğu güçler vasıtasıyla Gül'e ulaşmasıydı. Bunu da Gül'ün geçirdiği trafik kazasından sonra kaza yerinde bıraktığı saç telleri sayesinde başarmıştı. Bu saç tellerini Zervan, İffet'e ulaştırmıştı.

"Mezarı açmayı başaramadığımız için böyle bir şey düşündüm." dedi Zervan. "Kabul etmek gerek o akşam Köye ulaştığımda her şeyin biteceğini düşünmüştüm. Ama düşündüğüm gibi olmadı. Mezara yaklaşmamı engelleyen bir güç vardı. Sonra birileri ortalığa altın söylentileri yaymaya başladılar. Neredeyse; bizim lanet söylentilerimiz kadar güçlenmişti. Bizde mezarı açmayı başaracağımız ana kadar tıpkı onlar gibi korumak zorunda kaldık. Bu yüzden o çocuk öldü. Ama onun arkadaşının da mezarla bir ilgisi olabileceğini söylediğin gün... Onu takip ettim. Ve bambaşka biriyle karşılaştım. Kraliçe gerçekten de vaadini gerçekleştirmişti. Ve bir şey fark ettim. İkisinin de bakışları... Sonra aklıma bir fikir geldi. Belki de bizim açamadığımız mezarı başka biri açabilirdi. O mezara ilk kazmayı vurduğunda devamını getirmen için altın bahanesinden çok daha üstün bir şey gerekir. İlk kazmadan sonra ortaya çıkacaklara kolay kolay hiç kimse tahammül edemez. Üstelik şimdi bir de söylendiği gibi tılsımlıysa... Ama Aşk bunu başarabilir. Daha önce bir kez oldu. Bir kez daha olabilir. Aşkın Büyüsünü hiçbir zaman hafife alamazsın."

"Her şey plan mıydı?" dedi İffet. "Serkan'ın mezarı açabileceğini düşündüğün için mi Gül'ü kaçırdın?! Bu yüzden ona büyü yaptık. Bizim istediklerimizi söylemesi için. Serkan'ın bunları duyup, mezarı açması için!"

"Tam olarak olmasa da genel olarak buydu." dedi. "O çocuk gerçekten de takip etmeyi bilmiyor. Kasaba' da senin yanına gelirken; elli metre arkamda heyecanla koşuşturduğunu rahatlıkla duyuyordum. Ve o gün stratejimizi değiştirdik. Bizden haberdar olmasını sağladık. Vakit geldiğinde o da ailesi gibi onu deli sanabilirdi. Ama her şey bizim istediğimiz gibi oldu. Ama O'nu tam olarak bunun için kaçırmadım."

"Peki neden kaçırdın?" dedi İffet.

"O..."diye söylendi. "O bana birini hatırlatıyor."

İffet Zervan' ın sözlerinden sonra onun suratına baktı. Yıllarca daha önce suratında hiç görmediği bir ifade yakalamıştı şimdi. Gözleri heyecandan parlıyor, ve bakışları adeta küçük bir çocuğun bakışlarını andırıyordu.

Zervan birkaç saniye uzaklara dalarken; İffet'in kendisine tuhaf bir şekilde baktığını fark edip; "Ama plan düşündüğüm gibi olmadı." dedi. "Tahminimde yanılmışım."

"Hangi konuda?" diye sordu İffet. Zervan' ın son sözlerinden sonra bir anda suratının tekrar eski halini aldığını fark etmişti. Bunun üzerine Zervan, İffet'in gözlerinin içine bakıp; "Bugüne kadar bana söylemediğin bir şey var mı?" diye sordu.

"Ha.. Hayır." diye tereddütle cevap vermişti ki; "Kraliçe'nin senin hakkında yanılması çok üzücü." dedi Zervan birden. "Üç yıl önce bu Köye girdiğimde hep biriyle karşılaşacağımı düşündüm. Onun beni görünce vereceği tepkiyi hayal ettim. Yanıldın demek için... Kaybettin demek için sabırsızlanıyordum. Ama o gece onu bulamadım. Yine de yadırgamadım. Ne bekliyordum ki. Bu kadar kolay olacağını mı? Olmadı da. Köyü yalnızlaştırma planımı daha önceden fark etmiş ve kaçmıştı. Önemsemedim. Çünkü mezara ulaşmıştık. Bizim amacımız buydu. Ama mezara yaklaşamıyorduk. Sonra onun tarafından yapıldığını tahmin ettiğim altın söylentileri çıktı. Ve bir plan yaptım. Ama bugün planımda yanıldığımı fark ettim Sofya. Ve gerçeğe ulaştım. O gerçekten de zeki biri. Önlemini çok önceden almış. 1969 yılında olan o Olaydan sonra Köy' deki herkesi bilgilendirmiş. Ve kendisi dahil on üç kişinin kanını kullanarak bir tılsım oluşturmuş. Mezar söylendiği gibi tılsımlı. Yani başka biri de açamaz. Ve tılsımın bozulması için Misafir Kabul Etmez Köyü'nde yaşayan on üçüncü kişinin de ölmesi gerekli. O Yaşlı Adamı o gece senin kurtardığını biliyorum. Demek son üç yıldır ikili oynuyordun."

"Hayır!" dedi İffet korkuyla. "Benim olanlarla hiçbir bağım yok. Ben bugüne kadar sadece senin söylediklerini yaptım."

"Bana ihanet etmen çok üzücü." diye söylendi Zervan. Yüzünde oluşan hayal kırıklığı devam ederken; "Ben sana yeni bir hayat vaat etmiştim Sofya." dedi. "O kolye boynunda takılı olduğu sürece benim onlara sorduğum her soruya cevap verirler. Az önce Serkan'ın burada olduğunu ve onu mezara göndermek yerine Yaşlı Adam'ın yanına gönderdiğini biliyorum."

İffet; Zervan' ın söylediklerinden sonra bir an korkuyla kalbini tutarken;

"Hayır." dedi Zervan. Ardından "Yeni hayatı kaybettin. Ama ruhunu çalmam da gerekmiyor. Son bir anlaşma yapmak ister misin?" diye sordu.

"Evet." Anlamında başını salladı İffet. Artık kabul etmekten başka bir seçeneği kalmamıştı. "Ben yaşlı adamı öldürdüğüm de; Tılsım bozulacak. Ve bu süre zarfında oraya benden başka kimsenin ulaşmasını istemiyorum. Emrindekilere söyleyebilir misin? Oraya gelecek birini yavaşlatabilirler mi? Bunu yaparsan; senden hiçbir şey istemem. Sadece sana ettiğim vaadi kaybetmiş olursun. Kolye sende kalır. Ve hayatına istediğin yerde devam edebilirsin."

Aradan birkaç saniye geçtikten sonra; "Tamam." dedi İffet. "Söylediklerini yaptım."

"O halde teşekkür ederim." diyerek ayağa kalktı Zervan. Ardından yavaş adımlarla onun oturduğu sandalyenin arkasına dolanırken; "Eğer bir yerde ihanet varsa; Ölüm meşru kılınır." dedi. Ve iki eliyle tek hamlede İffet'in boynunu kırdı.

Bölüm 13 -
MEZAR...

Kulübeden çıkar çıkmaz arabaya koştu. Olabildiğince hızlı olmaya çalışıyordu artık. Yaklaşık iki aydır bir lanet gibi üzerine yapışmıştı mezar. Aklı bir kez daha köprüde gördüğü adama gidince; "Derdi Gül müydü?" diye iç geçirdi. Bedeninin titremeleri zirveye çıkmış; kalbi delicesine atıyordu. Arabayı çalıştırırken, bir yandan da aklındaki tüm soru işaretlerini bir noktaya çekmeye çalışıyordu. Soruların birleştiği nokta Karasu Ormanındaki Mezardı. Üstünde "Doğumu ve Ölümü Belli Olmayan Dede" yazan mezar...

SADECE DOLUNAY'IN BIR grilik verdiği ama yine de karanlıktan kurtaramadığı ormanı, tam ortasından bölen yoldan ilerlemekteydi Serkan. Araba son sürat yoluna devam ederken, önce sola doğru bir viraj belirdi. Bu virajı aldıktan üç yüz metre sonra da bu defa sağa doğru bir viraj... Ardından karanlıkların arasından ilk önce ışıklandırmalarla aydınlatılan Saat Kulesi'ni gördü. Daha sonra yolun kenarındaki ağaçlar seyrekleşip, biterken donuk sokak lambalarının ışıttığı tarihi evlerle birlikte tüm Kasaba çıktı ortaya. Serkan, arabanın camından aşağıda kalan Kasaba' ya bakarken; "Dadastana

Kasabasına Hoş Geldiniz!" yazılı tabela belirdi. Artık yavaş yavaş Kasaba'ya doğru inerken, sokaklarda hemen hemen kimsenin olmadığını fark edip, saatine baktı. Saatinin, Gece Yarısını on beş dakika geçtiğini gösteren ibrelerini görünce, durumu pek yadırgamadı. Harun'un anlattıklarına göre Yatsı Namazından yaklaşık bir saat sonra hayat biterdi burada. Zaten evlerin birçoğunun da ışıkları yanmıyordu. Aslında kendisi için oldukça olumlu bir durumdu bu. Çünkü; artık olabildiğince sessiz olmak ve kimsenin dikkatini çekmemek zorundaydı. Kendisi de havada Dolunay'ın olduğunu ve Kasaba'nın sessizliğe gömüldüğünü görünce bir kez daha şansına şükretti. Bu arada Kasaba'nın Meydanına inmiş ama hiçbir yere sapmadan devam edip, beş kilometre uzaklıktaki Misafir Kabul Etmez Köyü'ne doğru yol alıyordu.

KASABA ILE YAŞLI ADAM'IN bulunduğu kulübe arasındaki yol ne kadar sessizse; Kasaba ile Misafir Kabul Etmez Köyü arasındaki yol iki kat daha sessiz ve de ıssızdı. Aynı zamanda çok kullanılan bir yol olmayıp, Köy yolu olduğu için asfalt delik deşik olmuş ve yer yer tümseklerle doluydu. Bu arada Kasaba'ya giderken, Radyodan net gelen yayın sadece Trt FM'e düşerken; yaklaşık beş dakikadır bu frekans da netliğini kaybetmiş ve sadece parazitli sesler çıkarmaya başlamıştı. Serkan bunu fark ettiği anda radyoyu kapattı. Kafasının içinde radyo yayını bozulmadan önce çalan son parça, yankılanırken; arabanın farları eski püskü bir levhaya yazılı "Misafir Kabul Etmez Köyü 1 Km" tabelasını aydınlattı. Bu arada kalp atışları giderek hızlanırken, bir anda arabanın vitesini bire düşürdü ve farları kapattı. Son bir kilometre yolu sessiz ve ağır bir şekilde ilerlerken kararlı bir şekilde biraz uzakta görünmekte olan Dolunay'ın aydınlattığı Karasu Ormanına bakıyordu.

Aydınlatma lambalarının artık yanmadığı, yer yer çatlaklarla dolu kireçle kaplı ıssız kerpiç evlerin yüz metre kadar uzağında beklemekteydi Serkan. Birçoğunun camları kırık ve uzun zamandır kimsenin yaşamadığını belli eder halleri vardı. Dört tanesi ise nispeten diğerlerine göre daha topluydu. Muhtemelen üç yıl önce öldürenlerin yaşadığı evler diye düşündü. Geride kalanlar ise çok uzun zamandır yaşam görmeyen; evden ziyade yıkık dökük harabelerdi.

Bir - iki dakikadır köyün karşısında arabanın içinde motoru çalışır halde Köyü gözlemlemekteyken, bir yandan da Köy' e girip, girmemeyi düşünüyordu. Birkaç saniye düşünürken, artık kimsenin yaşamadığı evlerin arasında dolaşmanın vereceği korkunun hissiyle tüyleri kabardı. Ardından arabayı hemen burada bırakıp, doğruca sağa ayrılan toprak yoldan Karasu Ormanı'na girmeye karar verdi. Ama arabadan inecek cesareti hala kendisinde toplayamamıştı. Bir an doğru bir şey yapmadığını düşünüp, geri dönmeye yeltenecekken; son anda kendini toparladı ve motoru susturdu. Zaten bir süredir aklıyla oynayan birçok duruma tepki vermeyip; sağlığını koruyabilmişti. Ama Gül kaybolduktan sonra olaylar artık son noktaya ulaşmış ve kim ya da ne olduğunu bilmediği bazı şeylerle yüzleşmeye karar vermişti. Arabanın kapısını açıp, inerken "Artık ne olacaksa olsun!" diye söylendi.

<hr>

BEDENINI DIŞARI ILK attığı anda, soğuk esen rüzgar nedeniyle titredi. Ardından hızla arka kapıyı açıp, üstüne "Eşofman Üstü" diye nitelendirilen giysiyi giyerken, titremesi hala geçmemişti. Bundan sonra bagajı açıp, büyük çöp torbaları içindeki kazma, kürek ve dedektörü çıkarırken, bedenindeki titremenin soğukla alakası olmadığını anladı. Şu anda tek hissettiği, kaynağını bilinmeyenden alan saf korkuydu.

Ayakkabıları toprak yolun üstündeki küçük çakıl taşlara her bastığında hışırtılar çıkarırken, arabanın bu saatte bu karanlıkta kimse tarafından fark edilmeyeceğini düşünüp, kapıları kilitlemekten vazgeçti. Kapıları kilitli bırakıp; o ormandan Gül ile birlikte sağ salim çıkmayı başarabilirse, şu anda titreyen elleri ona büyük zaman kaybettirebilirdi.

Artık kazmasını, küreğini sırtlanıp dedektörünün alıcısını açarken bir yandan da el fenerini arka cebine koydu. Daracık toprak yoldan içinde neler olduğunu tahmin edemediği Karasu Ormanı'na doğru ilerlerken, sadece Gül'ü bulmayı diledi.

GÖZLERINI PENCEREYE dikmiş uzaklara bakarken; artık yolun sonuna geldiğini ve kaybetmeye çok yakın olduğunu düşünüyordu Yaşlı Adam. Bu arada bunları düşünürken; beklediği misafirin Kulübe' ye doğru yaklaştığını görüp, gözlerini kapıya çevirdi.

"Sonunda..."

"Sonunda yine karşılaştık."

Zervan' ın Kulübeye adım attığındaki ilk sözleriydi. Kelimeler ağzından çıkarken yaşadığı duygu ses tonunu da etkilemiş, kesik kesik konuşmuştu.

Adam, gözleriyle Zervan' ı süzerken ilk başta cevap vermedi. Zervan' ın bir kez daha "Kaybettin." diye söylenmesi üzerine; "Bugün değil." dedi. "O gün seni benden aldığında zaten O kazanmıştı Ömer." diye konuştu.

Zervan o günden sonra ilk kez kendisine "Ömer." olarak hitap edildiğini duyuyordu şimdi. Bir an tekrar o günleri hatırlamaya çalışınca, hafızasında bir yerlerde acı hissetti. Sonra; Kulübenin dışarısındaki mezarı göstererek; "Senin burada olduğunu çok önceden anlamalıydım." dedi. Ve hüzünlü bir şekilde haykırdı. "Neden yaptın baba? Neden o gün beni engelledin?!"

"Çünkü o seni kullanıyordu." diye cevap verdi Yaşlı Adam. "Onun gerçek amacı bugün senin; bunları yapıyor olman."

"Yalan!" dedi Zervan. "O doğruyu söylüyordu. Bana yardım etmek istedi. Ve şimdi karşındaysam; bu senin yanıldığını gösterir." dedi. Sonra kaşlarını çatarak; "Ama sen inanmadın. Benim mutlu olmamı istemedin!" diye bağırdı.

Misafir Kabul Etmez Köyü
Yıl – 1969
Solan benzi, gözlerindeki ufak hayat belirtisini de görünmez kılıyordu. Uzandığı yatak terden sırılsıklam olurken; artık kesik kesik solumaya başlamıştı genç kadın. Yatağın başında saatlerdir bekleyen adam; sevgilisinin durumu karşısında paramparça olurken; elindeki bezi katlayarak önündeki tasa daldırıp, dikkatlice kadının alnına koydu. Tam bu esna da zorlukla da olsa; sevgilisinin kendisine bir şeyler dediğini fark edebilmişti.

"Ömer..."

"Buradayım." dedikten sonra devam etti adam. "Sakın yorma kendini! Ne diyeceksen; iyileştikten sonra dersin. Hadi, kapat şimdi gözlerini. Uyumaya çalış. Ben hep burada bekleyeceğim."

Kadın, Ömer'in konuşmalarından sonra, bir an vazgeçecek olsa da en sonunda dayanamayıp; "Ben ölecek miyim?" diyebildi. Cümlesini tamamlayınca iki gözünden de birer yaş damlası yanaklarına doğru süzülürken; Ömer'de göz pınarlarına hakim olamayacağını düşünüp, hızlıca odayı terk etti.

Bir eliyle gözlerini tutup, hızlı adımlarla dışarı çıkmaya çalışırken, birinin elinin; omzuna dokunduğunu görünce arkasına dönüp, babasıyla karşılaştı. "Böyle yapma evlat." demişti adam ona doğru dönünce. "Seni böyle görürse; daha çok üzülür. Son günleri artık! Hazırlıklı olmaya çalış."

Babasına bir şeyler demeye çalıştı bir an. Söyleyecek bir şey bulamayınca hızlı bir şekilde evi terk etti.

⁂

YAKLAŞIK BEŞ DAKIKADIR kimsenin kendisini göremeyeceği bir yerde hüngür hüngür ağlıyordu Ömer. Bir yandan ağlarken; bir yandan da haykırıyordu. "Neden O? Neden bu kadar erken?!"

Ömer ile Banu daha henüz çocuklarken ilk bakışta birbirlerine aşık olmuşlardı. Uzun yıllardır devam eden aşklarını da -her ne kadar Banu'nun sekiz yaşındaki küçük kardeşi İsa; ablasının evlenip, evlerinden gitmesini istemese de- geçen yıl evlenerek taçlandırmışlardı. Ama Banu yaklaşık üç ay kadar önce öksürdüğünde ağzından kan geldiğini fark etmiş çok geçmeden de amansız bir hastalığın pençesine düşen birçok insan gibi yatağa mahkum olmuştu. Köye birkaç gün önce gelen tabip; artık Banu'nun günlerinin sayılı olduğunu ve yapılacak bir şeyin olmadığını söylemişti.

Bu arada Ömer; gözyaşları içinde ağlamaya devam ederken duyduğu sesle bir anda kendine geldi.

"Onun hali gerçekten de üzücü."

BAŞINI SESIN GELDIĞI yöne doğru çevirince daha önce ne Köy' de ne de Kasaba' da hiç görmediği bir kadınla karşılaştı. Simsiyah uzun saçları, yeşil gözleri, hokka burnu ve tuhaf giyim tarzıyla oldukça sıra dışı gözüküyordu. Özellikle de boynuna taktığı kırmızı taşlı kolye ilk anda dikkatini çekmişti. Ömer bakışlarını kadının giyim kuşamından yüzüne doğru kaydırdığında pürüzsüz cildini fark edip, "En fazla yirmi beş yaşında." diye düşündü. Sonra kadının da kendisini süzdüğünü anlayınca; "Sen de kimsin?" diye sordu. Bir yandan da elleriyle, gözyaşlarını siliyordu.

"Kim bilir belki de sevgilini kurtaracak kişiyimdir." dedi kadın.

Kadının sözlerinden sonra umutsuzca başını sallayıp; "Onun hastalığının çaresi yok." diye söylenmişti ki; "Bir yol var." diye cevap verdi. "Onu kurtarabileceğin bir yol var."

"Öyle mi? Neymiş peki?" diye sordu Ömer. Ses tonu ciddiyetsizdi. Bulunduğu durum o kadar kötü bir durumdu ki, karşısındaki kadının bile; hayal olabileceğini düşünmeye başlamıştı.

"Sevgilin bir – iki gün içinde ölecek. Bu bir gerçek! Ama Onun öldüğü gün; şafak sökülene kadar vaktin var. Eğer onun kalbini söküp, ormandaki mezara gömersen; sevgilin hayata geri döner!"

"Ne?" diye şaşkınlıkla sordu Ömer. Ardından; "Çok saçma." dedi. "Buna inanmamı bekliyorsun?"

"İstersen inanmazsın." diye cevap verdi kadın. "Ama yine de denemekle bir şey kaybetmezsin."

Kadının sözlerinden sonra; "Bu Dünya'da ölen herkes ölür. Ne geri dönüşler olur ne de ölümsüzlükler! Babamın da dediği gibi Bu Dünya'da Ölümsüzlük diye bir şey yok!" diye çıkıştı.

Bunun üzerine, "Doğru." dedi kadın. Ardından yavaşça Ömer'e doğru ilerleyerek "Sana babanla ilgili bir sır vereyim mi?" dedi.

Bir gün sonra...

Beyaz çarşaf genç kadının tüm bedenini kaplamış, bir de şişmemesi için üstüne bıçak konulmuştu. Saat; gece yarısına on kala hayata gözlerini yummuştu Banu. Ölmeden önce son sözlerini Ömer'in gözlerinin içine bakarak söylemişti. Aslında sözden ziyade kelime denmesi daha doğru olurdu. Çünkü; sadece "Seni." diyebilmişti kadın.

Evin diğer odasında Köylüler baş sağlığı dilerlerken; Ömer'in üzüntüden çok tuhaf halleri dikkatlerini çekmişti. Aklı hep başka bir yerde gibi duruyor, bacakları titriyor, yüzü terliyordu. Ömer aklından geçenleri düşünürken, pencereden dışarı baktı. Bir iki saat önce hava bozmuş ve korkunç bir yağmur başlamıştı şimdi. Yaklaşık on dakikada bir çakan şimşeklerin de etkisiyle, hava aydınlanıyor ardından tekrar kararıyordu. Pencereden dışarıyı iyice süzerek Karasu Ormanı'na baktı. Ardından bir anda diğer köylülerin de bulunduğu odadan çıkarak; Banu'nun cesedinin bulunduğu odaya giriyordu ki; "Nereye gidiyorsun?" diye seslendi babası. Üzüntülü bir şekilde "Bu gece son gecemiz." diye cevap verdi. "Onun yanında kalmak istiyorum."

Babası "Sen bilirsin." anlamında kaşlarını kaldırarak diğer odaya girince, hızlı bir şekilde hareket etti.

İçeri girdikten hemen sonra sessiz bir şekilde kapıyı kilitledi Ömer. Yavaş adımlarla Banu'nun cesedine doğru yaklaşırken dikkatlice çarşafın üstündeki bıçağı aldı. Sonra tüm bedeni titrerken; nefesini tutup, yavaşça çarşafı kaldırdı. Ve bıçağı cansız bedene batırdı.

HER ADIMINDA AYAKKABILARI çamura bulanıyor, kayıyor ama yere düşmemeye çalışarak devam ediyordu Ömer. Bir yandan omuzladığı kazma ve küreği, diğer yandan da elinde tuttuğu torbayla adeta kötü hava şartlarına meydan okuyor da denilebilirdi. Bu arada ağaçların seyrekleştiği noktaya kadar koşar adımlarını sürdürmüştü.

ADAM; ÖMER'E SESLENEREK kapıyı tıklattı önce. Sonra kırarcasına yumrukladı ve en sonunda da kırmak zorunda kaldı. Kapıyı açtığında gördüğü manzara karşısında şok olması uzun sürmemişti.

ÜZERI TOPRAKLA BÜRÜLÜ mezarın dibindeydi şimdi. Yaşadığı tereddüt, korkuyla birleşince vazgeçmeyi düşündü. Ve elindeki torbayla birlikte kazma, küreği yere bıraktı. Sonra kararsızlığı bitince yerden küreği alıp, mezardan taşan toprak parçalarını dağıtmaya başladı. Birkaç dakika sonra tüm hızıyla kazmaya devam ediyordu ki; başının dönmesiyle hızı kesildi. Gözleri çift görmeye başlarken; mezarın üstündeki toprakların arasından kocaman bir yılan fırlayarak üzerine doğru bir hamle yaptı.

Yılanın saldırısı karşısında boylu boyunca yere uzanmıştı şimdi. Gözleriyle yılanın nerede olduğunu görmeye çalışıyor ama göremiyordu. Sadece kulaklarına gelen tıslama seslerini duyabiliyordu. Yılan görüş alanına girip; yatış pozisyonunda bir anda göğsünün üzerinde belirince; "Vazgeçemem!" diye fısıldadı ve sağındaki torba gözüne ilişti. Sağ elini kullanarak gözleri yılanda; eli torbanın içindeki bıçağa uzandı. Ardından birden sol eliyle yılanı kavrayıp; yere sererken sağ elindeki tuttuğu bıçakla yılanı ortadan ikiye böldü.

Ensesine kadar uzanan saçları, giysileri, her yeri çamur içinde kalmıştı şimdi. Kendisini zorlayarak ayağa kalkmayı başarınca gördüğü manzara karşısında içi korkuyla doldu. Mezarın topraklarının arasından yüzlerce haşere ormanın içine doğru yayılmaya başlamıştı.

Yine de yılmadı ve kazmaya devam etti. Artık mezarı hemen hemen açtığı anda torbanın içinde bulunan kalbi çıkarırken; arkasından bir ses duydu.

"Ömer!"

Arkasına döndüğü anda suratının tam ortasına kocaman bir yumruk yemiş elindeki kalp; birkaç metre uzağa yuvarlanmıştı.

Babasıydı karşısındaki. "Ne yapıyorsun?!" diye bağırmıştı adam. "Bunu sana kim söyledi?! Kim söyledi bunu sana?!"

Yerdeyken, yavaşça dudağının kanını silerek babasına doğru dönüp; "Bırak beni!" diye bağırdı. "Bunu yaparsam; Banu geri dönecek!"

"O öldü!" diye bağırdı babası. "O'na nasıl inanırsın! Mezarı hemen kapatmamız lazım. Çabuk!"

Babasının söylediklerine ikna olmayarak, kalbe doğru ilerlerdi Ömer. Ama babası oğlunun, düşüncelerini önceden tahmin etmiş ve kalbi daha önceden yakalamıştı. Ömer'in delice karşısına dikildiği anda elindeki kalbi tüm gücüyle ormanın derinliklerine doğru fırlattı. Bu arada şafakta sökmek üzereydi. "Vazgeç artık!" dedi babası. "Eğer aklındakini yaparsan; ne olacağını bilmiyorsun!"

Babasının fırlattığı kalbi gözden kaybedince; "Sen ne yaptın?!" diye bağırdı. Yüzü hayal kırıklığıyla dolmuştu. Artık yapacak bir şeyi olmadığını anladığı anda ise; dudaklarını büzüp; sinirle dişlerini sıkarken; bir kez daha ''Neden?!'' diye bağırdı.

Babası; Ömer'in bulunduğu ruh halini tahmin ederek cevap vermezken; bir an için arkasına dönüp; ''Başaramayacaksın!'' diye ormanın derinliklerine doğru bağırmıştı ki; arkasına dönünce korkudan tüm bedeni titredi.

BABASININ ELINDEKI kalbi ormanın derinliklerine doğru fırlattığı anda yaşadığı hayal kırıklığı tahmin edilemeyecek kadar büyüktü Ömer'in. Hırsından dişlerini sıkıp; olduğu yere çökerken; artık kendi varlığının da hiçbir anlamı olmadığını düşününce yerdeki kanlı bıçak gözüne tekrar ilişti.

AĞZINDAN BIRIKEN KANLARI dışarı kusuyordu şimdi. Yaşanılan her şey saniyeler içinde gerçekleşmişti. Toprağın üstündeki bıçağı alıp; bütün gücüyle kendi kalbine saplamıştı Ömer. Babasıyla göz göze geldiği anda ise; onun hayretler içinde kendisine baktığını görüyordu. Ruhu vücudundan yavaş yavaş çekilirken; bedeni de mezarın içine düşmüştü.

Babası; büyük bir şok ve panik yaşıyordu şimdi. Üzerindeki şoku atlatınca hemen Ömer'in bedenini mezarın içinden çıkartıp; mezarı kapatmaya başladı. Kapatma işlemini hızlı bir şekilde yaparken; oğlunun cansız bedenine bakınca; ''Nasıl?'' diyebildi. ''Sana nasıl ulaşabildi? Ona nasıl inanabildin?''

Çok geçmeden mezarı kapatmış, Ömer'in cansız bedenini tekrar Köye taşırken; artık Köylülere neyle karşı karşıya olduklarını anlatmak zorunda olduğunu biliyordu. Aklını bir yandan Kraliçe'nin Ömer'e nasıl ulaşabildiğini yorarken; bir yandan da mezarın bir daha açılmaması için ne yapması gerektiğini düşünüyordu.

Yaşlı Adam'ın Kulübesi
Bugün...

"Seni engellemedim. Sadece Banu'yu kurtarmaya çalıştım." dedi Yaşlı Adam. Ardından da "Onu kurtardım. Ama seni kaybettim." diyerek başını öne eğdi. Sonra o halde başını sallarken; "Nasıl ikna edebildi seni Ömer? Nasıl inandın ona?" diye mırıldandı.

"Eğer o gün kalbi gömmeme izin verseydin; Banu'da benim gibi burada olurdu." diye söylendi Zervan. "Nasıl hala benim yanıldığımı söylersin?"

"Sen yaşadığını mı sanıyorsun?" diye çıkıştı adam. "Sen zaten Ömer değilsin! Onun anılarını kullanan kötü bir kopyasın. Ölümsüz olduğunu mu sanıyorsun. Değilsin! Başkalarının ruhlarını çalarak bulunduğun formu koruyorsun!"

Zervan, Yaşlı Adam'ın sözlerini gülümseyerek dinledi. Onun sözleri bitince; "Peki sen kimsin?" diye sordu. Ardından da " Belki de sen başkalarının ruhlarını çalmadığın için yaşlanıyorsundur." diye ekledi.

Yaşlı Adam hayretler içinde Zervan' ın yüzüne bakınca; "Onun beni nasıl ikna edebildiğini sormuştun değil mi?" diye konuştu. "Kraliçe bana her şeyi anlattı. Senin gerçekte göründüğünden çok daha yaşlı olduğunu ve asırlardır hayatta olan bir Büyücü olduğunu biliyorum. Asırlar önce Kraliçe ile birlikte o yeri keşfettiğinizi biliyorum. Ve en sonunda birbirinizi öldürdüğünüzü de! Ama aradan yıllar geçince oradan sıkıldığını, bir insan gibi yaşamak istediğini biliyorum. Bu yüzden normal biri gibi Misafir Kabul Etmez Köyü'ne gelerek; onların arasına karıştın. Çünkü; Kraliçe'yi kontrol altında tutmanı sağlayacak yer o Köydeydi. Ama bir yandan da

Köylüleri kuşkulandırmamak lazımdı. Bu yüzden bu ülke de herkesin inanabileceği bir kilit tasarladın. Bir mezar. Altında çok muhterem birinin naaşının bulunduğunu söylediğin Doğumu Ve Ölümü Belli Olmayan Dede safsatası.

Bir de yıllar önce tüm Köylüyü toplayıp; yağmur duası filan yaptırmıştın değil mi? Zavallı annem kim bilir belki de senin ona ne kadar da aşık olduğunu düşünmüştü." dedi.

"Anneni sevmiştim." dedi Yaşlı Adam. "Ben sadece artık bir insan gibi yaşamak ve ölmek istemiştim. Bu Köye geldiğimden beri kimseyi öldürüp, ruhunu çalmadım. Ve bunu başkalarının da yapmasını istemedim. Ama sizin bir gün bile yaşlanmaya tahammülünüz yok."

"Mutlaka öyledir." bakışının ardından sinirlenerek; "O gün Banu'yu kurtarabilirdin. Bunu biliyordun ama bana yardım edeceğine engellemeye çalıştın." dedi Zervan. İçinde barındırdığı saplantı çok büyüktü.

"Orası sadece bir kandırmaca! Oradaki insanlar mutsuz! Burada da başkalarının hayatını çalarak yaşayacağına ölmesinin daha doğru olacağını düşündüm." dedi Yaşlı Adam. Artık onu ikna edemeyeceğini anlamıştı.

"Onun sağlıklı olduğu hiçbir yer beni mutsuz etmezdi."

Zervan son cümlesini söylerken; sesinin titrediğini hissetmişti.

"Başka bir yolunu buldu değil mi?" diye sordu Yaşlı Adam. "Buraya gelebilecek başka bir yol buldu! Bu yüzden sana ulaşabildi. Amacı seni benden çalıp; bana karşı kullanmaktı. Ve başardı da!" diye ekledi.

"En sonunda sen de anlamayı başardın!" dedi Zervan. "O gün mezarı açmamam için beni durdurmaya çalıştın! Sonra mezarın bir daha açılması ihtimaline karşı o garip köylüleri de planına dahil ettin. Ama Kraliçe çok daha önce başka bir çıkış yolu bulmuştu. Ve artık iki yol olduğuna göre bizce birinin devre dışı kalması gerekir." dedi.

Yaşlı Adam "Anlıyorum." anlamında kafasını sallayarak; "Bana kızgınsın. Biliyorum." dedi. "Ama Banu öldü. Onu artık hiçbir şey geri getiremez. Peki sen neden hala onun tarafındasın. Ben senin babanım!" deyince; bir an karşısındaki adamı hala oğlu gibi gördüğü için böyle konuştuğuna pişman oldu. Ve; "Neyse boş ver! Normal bir insan gibi vakit geldiğinde ölmek istiyorum artık. Çabuk bitir işimi!" dedi.

Zervan, gözleri dolarak yavaşça Yaşlı Adam'ın yanına gitti. Biraz sonra göz göze geldiklerinde; "Affet baba!" diyerek Yaşlı Adam'a sarıldı. Ardından babasına sarılır pozisyonda kulağına; "Onun tarafındayım. Çünkü sayesinde Banu gibi birini buldum. Ben seni affettim. Sen de beni affet ne olur!" diye fısıldadı.

Kollarının yardımıyla yavaş yavaş adamı sıkıca kavrarken; bir anda Yaşlı Adam'ın bedeni hafiflemeye başladı. Bir iki saniye sonra da cansız bedeni kollarında kalakalmıştı.

Karasu Ormanı

Ay ışığının aydınlattığı ağaçların arasında yürürken; sanki her yerden kulağına fısıltılılar geliyor, ama bunların beyninin bir oyunu olduğunu düşünüp; sessiz kalmaya çalışıyordu. Dikkatli ve hızlı bir şekilde bir an önce nerede olduğunu bilmediği Mezarı ararken; ağaçlardan birinde kendisine bakan bir çift gözü görüp; olduğu yerde donakaldı. Kalbi artık son raddesine ulaşmışken; "Hassiktir!" diye söylendi. Sonra bedeni giderek rahatladı. Gördüğü şeyin bir baykuş olduğunu fark ettiğinde gelmişti bu rahatlama. Biraz daha kararlı olması gerektiğini düşündüğü anda; "Gül!" diye bağırdı. Ardından bir kez daha... Ve bir kez daha...

Seslenişlerine bir yanıt gelmemişti ilk önce. Ardından ormanın bir yerlerinde; "Değirmenci!" diye bir seslenme duyuldu. Bir erkek sesi duyduğunu fark ettiği anda; bu defa olduğu yere çakıldı Serkan. Bu köydeki herkes ölmemiş miydi?

"DEĞIRMENCI!" DIYE bir kez daha yankılandı ses. Serkan bedeninin ansız ürpermelerine engel olamadığı anda; ormanın içine doğru bağırdı. "Kimsin?"

"Sen Değirmenci misin?" diye tekrar yankılandı ses. Serkan artık sesin giderek kendine doğru yaklaştığını fark ettiğinde; "Evet!" diye bağırdı. "Sen kimsin?"

Bunun üzerine; "Nereden doğru geleyim Değirmenci?" diye bağırdı adam. "Bi... bilmiyorum. Sesime doğru gel!" diye bağırdı bu defa Serkan. Artık vücudunu kontrol edemediğini düşünürken; son olarak "İyi bekle olduğun yerde!" cümlesini duydu.

Serkan artık olduğu yerde korkunun verdiği adrenalinle donup kalırken dedektörle, küreği yere bırakıp; kazmaya iki elleriyle sarıldı. Adamın son seslenmesinin ardından bir iki dakika geçtiğini fark ettiğinde; "Neredesin?" diye bağırdı. Bağırışlarına ilk önce "Geliyorum." diye bir yanıt geldi. Daha sonra ormanın derinliklerinden kahkaha sesleri yükseldi.

ARTIK KALBI NEREDEYSE yerinden çıkacak gibi atıyordu. Hayır. Hayır... Beyninin ona bir oyun oynadığı yoktu.

Kulaklarıyla duymuştu kahkaha seslerini. Yoksa duymamış mıydı? Bir an her şeyi geride bırakıp, ormandan kaçmayı düşünürken gözüne hemen solundaki ağacın dibinde bir şey takıldı. Ağacın yanına gittiğinde gözüne takılan şeyin Gül'ün bugün üzerinde olan elbisesi olduğunu görünce; "Doğru yerdeyim." diye fısıldadı. Ardından; "Neredesin?" diye ekleyip, titrek adımlarla yürümeye devam etti.

YAKLAŞIK BEŞ DAKIKADIR yürümeye devam ederken; ağaçların seyrekleştiği bir noktaya geldiğinde gözüne fazla uzaklarda olmayan bir kulübe ilişmişti şimdi. Kırılmış pencereleri ve köhnemiş görüntüsüyle oldukça korkunç gözükürken; bir anda pencerelerin birinde bir surat belirdi. Serkan ilk önce korkudan ne yapacağını bilemezken; onun Gül olabileceğini düşünüp; koşmaya başladı.

Birkaç saniye sonra kapının dibindeydi Serkan. Olabildiğince hızlı olmaya çalışırken; "Gül!" diye bağırıp; kendini içeri attı. Bu arada içeri girdiği anda kulübenin kapısı ani bir şekilde birden bire kapanmıştı. İçeride kimsenin olmadığını fark etmesi fazla uzun sürmezken; yerlere savrulmuş beyazlıkların un olduğunu fark etmiş; ve "Değirmenci!" seslenmelerinin nereden geldiğini anlamıştı.

Vakit kaybetmeden kulübeden çıkmaya çalışırken, açılmayan kapıyı zorlamaya devam ediyordu. Kapı ise en ufak bir açılma belirtisi göstermeden sıkı bir şekilde kapanmışken tam arkasında bir çıtırtı duydu. Arkasına döndüğünde ise kulübenin üç farklı yerden alev aldığını gördü. Ve hızlı bir şekilde kapıya tekme savurdu. Neden sonra kırık pencereleri fark etti Serkan. Fark eder fark etmez de pencereden atlayıp;

koşmaya başladı. Pencereden yansıyan alevler o kulübeden çıktıktan sonra ise birdenbire sönüvermişti.

Korku tüm vücudunu esir almış gibiydi. Adımlarını hızlılaştırırken; artık nereye gittiğini kendisi de bilmiyordu. Dolunay'ın soluk ışığı ormanı aydınlatmaya yetmiyordu. Bu arada kulübenin içinde camdan atlarken, arka cebine koyduğu el fenerini de düşürdüğünü fark etmişti. Kazma, kürek ve dedektörün varlığı vücuduna ağır geldiği anda durakladı. Ve tüm gücüyle; "Gül!" diye bağırdı. Bir kez daha ve bir kez daha!

Bağırışları sona erdiğinde Ormanın derinliklerinden kendisine doğru üç farklı yerden gelen ayak seslerinin çıkardığı çıtırtıları duydu. Aradan geçen saniyeler içinde çıtırtılar ağaçların arkalarından sıyrılıp bir gölge kimliğine kavuştuğunda hemen dedektörle, küreği yere bırakıp, kazmayı sıkıca kavradı.

Bu esnada gözüne kestirdiği gölgelerden biri, hemen birkaç metre uzağındaki büyük meşe ağacının arkasında kaybolurken; tüm hızıyla oraya doğru koşmaya başlamıştı. Yaklaşık birkaç saniye sonra ise; koşarak ağacın arkasına dolanmış ve elindeki kazmayı orada olduğunu sandığı gölgeye savurmuştu.

Savurduğu kazma havada bir salvo çizip, rüzgarı böldü. Orada olduğunu sandığı gölge yerine kocaman bir boşlukla karşılaşmış kazmayı savururken kullandığı aşırı güç nedeniyle de dengesini kaybetmişti. Bu arada da kendisinin ağaca koşarken çıkardığı sesler kadar; birinin kendisine doğru koştuğunu fark edip, son anda arkasına döndü. Ardından kafasına aldığı odun darbesiyle bayıldı.

Bu arada Zervan, ormana ilk adımını atmış gölgeler bir anda ortadan kaybolmuştu.

GÖZLERINI KORKUNÇ BIR baş ağrısıyla açtığında aradan ne kadar süre geçtiğini, ne kadar zamandır baygın olduğunu bilmiyordu. Baş ağrısıyla birlikte kafasında acı da hissedince istemsiz bir şekilde elini kafasına götürdü. Ve kafasının hala kanadığını fark etti. Yavaş bir şekilde doğrulmaya çalışırken, az önce kendisini bu hale sokan gölgelerin de etrafında olmadığını görüyordu. Bu arada derinlerden bir yerden bir sinyal sesi duyarken; bu sesin kafasının içinden geldiğini düşünüyordu ki; bir anda kendine geldi. Önce birkaç metre uzağındaki, kazmayı sonra küreği gördü. Hemen ardından sinyal sesinin dedektörden geldiğini görünce hızlı adımlarla sesin geldiği yöne doğru koşmaya başladı.

Alet ya bozulmuş ya da kocaman bir altın yatağı bulmuş gibi çınlamaya devam ediyordu. En sonunda dedektörün bulunduğu yeri fark edip oraya doğru koşmaya başladı Serkan. Koşarken; aletin neden bu kadar ses çıkardığını düşünüyordu ki; gördüğü karşısında donakaldı.

Dedektör, mezarın hemen dibinde sinyal vermeye devam ederken; solgun ay ışığının da yardımıyla önce mezar taşındaki "Doğumu Ve Ölümü Belli Olmayan" yazısını gördü. Sonra hemen altındaki "Ruhuna Fatiha" yazısı gözüne ilişince kalbi bedeninden dışarı çıkacakmış gibi atmaya başladı.

KÜREĞI ELINE ALDIĞINDA parmak uçlarından başlayan titreme tüm vücuduna yayılmıştı. Yaşadığı kararsızlık devam ederken; Gül'ün rüyalarında sayıkladığı cümleler geldi aklına. "Beni öldürüp, bir mezara gömecekler."

Ardından hızla mezarı kazmaya başladı.

YAKLAŞIK BEŞ DAKIKADIR mezarı kazmaya devam ederken; birdenbire alnını tuttu Serkan. Ardından kazmayı bırakıp; "Başım dönüyor." diye mırıldandı. Sözlerinde haklı sayılırdı. Bir iki dakika önce mezarı kazarken; sanki kazdığı çukur iyiden iyiye derinleşmeye başlamış ve kendisini içine çekmeye çalışmıştı. Bu arada ayağının dibinden bir anda haşereler fışkırmaya başlayınca panikle kendini geri atıp, yere düştü. Son anda kazdığı çukurun içine düşmekten kurtulmuştu. Zira artık mezarı kazmasına gerek yoktu. Mezarın üstündeki toprak parçaları içinden çıkan haşerelerinde yardımıyla sanki yavaş yavaş açılıyordu. Serkan, kendini toparlamaya çalışıyor, ayağa kalkmaya çabalıyor ama yapamıyordu. Sanki vücudundan bir şeylerin çekilmeye başladığını hissettiği anda tekrar yere devrildi ve kafası yere çarptı. Gözlerini kapamadan önce son gördüğü ağzına girmeye çalışan birkaç hamamböceğiydi.

SIYAHLI ADAM YAVAŞ adımlarla mezara doğru yaklaşırken; kucağında tuttuğu kadının cansız bedenini yere bıraktı. Ardından cansız bedenin üstüne yavaşça eğilip, elini hızlıca göğsünün altına soktu ve kalbini çıkardı. Gül'ün cansız ve kalpsiz bedeni şimdi Serkan'ın bedeninin yanına doğru devrilirken, "Üzgünüm." dedi Zervan. "Size bunu yaptığım için üzgünüm. Aşkınıza büyük saygım vardı. Ama buraya kadar! Sizin aşkınız buraya kadar."

Bu arada Gül'ün kalbi elindeyken; Serkan'ın yanına gidip vücuduna dokununca; "Ölmüş." diye mırıldandı. Sonra "Anlıyorum." anlamında kafasını sallayarak, "Bunu neden yaptın ki! Neden kazdın mezarı!" dedi. Ardından "Tabii ya!" diye söylenip; "Bu gece yaşadıkların zayıf kalbine ağır gelmiş olmalı." dedikten sonra doğruldu. Sonra yavaş adımlarla elinde tuttuğu kalple mezarın içine girecekken; "Yine de sağ ol. Mezarın benden önce kazdığın için." dedi. Ve bir anda ortadan kayboldu.

***

BIRKAÇ SAAT SONRA...

Gözlerini açtığında gördüğü ilk şey beyazlıktı. Bir insan gözlerini kapattığında nasıl her şey koyu bir karanlığa bürünüyorsa; açtığında da beyazlığa bürünüyordu şimdi. Birkaç saniye süren bu bakar – körlük ilk önce hışırdayan ağaç yapraklarının görünmesiyle bozuldu. Ardından kollarını açtığında elinin soğuk bir mermer taşına çarptığını hissedince hemen doğruldu. Ve "Doğumu ve Ölümü Belli Olmayan Dede" yazan mermer taşının yatay bir biçimde toprağın üzerinde olduğunu gördü. Daha sonra da mezarın ortadan kaybolduğunu fark etti. Birkaç saniye sonra soluna döndüğünde ise, Gül'ün cansız bedenini gördü. Ve hızla yanına gitti.

***

"GÜL!" DEDI ARKA ARKAYA. Göğsünün solundaki boşluğu fark etmesi uzun sürmemesine rağmen tekrar tekrar sesleniyordu. "Hayır! Hayır! Evleneceğiz seninle! Kalk artık. Hadi uyan!"

Seslenmeleri devam ederken, bir yandan da Gül'ün cansız bedenini sarsıyordu. Birkaç dakika sonra acı gerçeği kavrayınca ormanın derinliklerine doğru tüm gücüyle "Hayır!" diye bağırdı. Sonra, "Neden?!" diye devam etti. "Neden yaptın?! Neden aldın onu?!"

DADASTANA KASABASI

Bir saat sonra...

Orta yaşlı adam bakkal dükkanını yavaşça açarken; çırağı yanına hızlıca gelerek; "Usta!" diye seslendi. "Duydun mu? Falcı İffet ölmüş!"

"Ne zaman?" dedi adam. "Dün gece. Boynu kırılmış." cevabını alınca başını kaşıyarak; "Allah rahmet eylesin." diye söylenmişti beş on metre ilerisinde Kasabanın meydanında yürüyen adamı görünce şok oldu.

Elbiseleri toz toprak hatta kan içinde Gül'ün cansız bedenini kucağına almış gözyaşlarıyla yürüyordu Serkan. Çok geçmeden Kasabanın tüm dükkanlarından fırlayan adamlar yanına doğru gelince; "Bırakın!" diye bağırdı. "O ölmedi. Kurtardım ben onu!"

Sayıklamaları birkaç saniye daha devam etti sonra çaresizlik içinde olduğu yere çöktü.

Bölüm 14 - DELİ
(FİNAL)

İstanbul
Bakırköy Ruh Ve Sinir Hastalıkları Hastanesi
Bir hafta sonra...

Üstünde çarşafa benzeyen bembeyaz elbisesiyle, Deliler Koğuşunun hücresi olarak kabul edilen odada tek başına oturuyordu adam. Gözleri boş bakıyor, mimiklerinden sürekli bir şeyler düşündüğü belli oluyordu. Günün üç vakti plastik kaşık ve tabldotlarla yemeği geliyor; akşam olmadan da Deli Doktoru olarak anılan bir Psikiyatrist kendisiyle konuşup; gidiyordu. Günde yarım saatte kardeşiyle konuşmasına izin vardı. Serkan Karayel'in tımarhanedeki üçüncü günüydü bugün. Bir hafta önce Kasaba' da yaşanan ölümler sonrasında polisler kendisinden bilgi almaya çalışmış; hal ve hareketlerindeki; tutarsızlık nedeniyle de tımarhaneye yatırmaya karar vermişlerdi. Yaşanan ölümler ise, bir öncekinde olduğu gibi şimdilik örtbas edilmişti.

***

ELİNDE TUTTUĞU PLASTİK kaşıkla beton zemine bir şeyler çizmeye çalışırken; odaya yaklaşmakta olan ayak sesleri duydu. Çok geçmeden kapı açılmış; ve deri ceketli, spor

"

ayakkabılı, yer yer beyaz, kirli sakalları olan adam odaya girmişti.

"Nasılsın Serkan?"

Adamın odaya girip, yavaş hareketlerle Serkan'ın karşısına çömeldikten sonra ilk sorusuydu bu.

"Pek iyi değilim Arif Abi." diye cevap verdi Serkan. Ardından başını beton zeminden yavaşça kaldırarak; Arif'in yüzüne baktı. Arif şaşkınlıktan küçük dilini yutacakken; "Beni tanıdın." diye mırıldanmıştı ki; "Öyle." dedi Serkan. "Üzerindeki elbiseleri, ve sakalını saymazsak bir değişiklik yok sayılır. Ses tonunu da değiştirmemişsin."

Son sözlerinden sonra "Bunda şaşılacak bir şey yok." demek istiyordu Serkan. Arif bu sözleri duyunca gülümsedi. Ardından "Sibel'den başına gelenleri öğrendim." dedikten sonra "O gece neler oldu evlat?" diye sordu. "O kız nasıl o hale geldi?"

"Belki sen önce o mezarı nereden bildiğini anlatırsın." diye cevap verdi Serkan. "Harun'a mezarın altında küplerce altın olabilir dediğini biliyorum."

Serkan'ın sözlerinden sonra mahcup olmuş bir şekilde yüzü kızardı Arif'in. Sonra konuşmaya başladı. "Daha önce söylemek isterdim evlat. Ama sen hiç sormadın. Ben eskiden yani zengin olmadan önce defineciydim. Definecileri bilirsin. Çoğu genelde hayattan kendini soyutlar. Belki dilencilik o kadar da iyi bir yöntem değil. Ama olsun ben öyleydim. İşimde de iyi sayılırdım. Bugüne kadar yüzlerce tarihi eser sayılabilecek parçalar buldum. Bizans altınları, Osmanlı sikkeleri... Tüm haritaların, efsanelerin peşine düştüm. Bundan bir iki yıl önce bir Köyle ilgili söylentiler geldi kulağıma. Harun'un da o Kasaba' da yaşadığını öğrendiğim zaman ondan bilgi almaya çalıştım. Hepsi bu. Hatta ona da söyledim. O mezarın altında küplerce altın olabilir diye."

Arif sözlerini bitirince, "O mezarda altın filan yok!" diye söylendi Serkan. Sonra da "Hatta artık mezar da yok!" dedi.

"Ne diyorsun sen evlat? Nereden biliyorsun?"

"Çünkü o gece mezarı kazdım." dedi Serkan. "Mezarı kazarken, bir anda içinden böcekler fışkırmaya başladı. Sonra bayıldım. Uyandığım da mezar ortadan kayboldu. Geriye sadece mezar taşı kalmıştı. Soluma döndüğümde de Gül'ün cansız bedeniyle karşılaştım."

Arif bütün tüylerinin kabardığını hissederken; "Bu gerçek mi evlat?!" diye sordu. "Bugüne kadar yüzlerce yeri kazmama rağmen hiç böyle bir şeyle karşılaşmadım ben. Peki mezarın altında ne olduğunu göremedin mi?"

"Hayır." diye cevap verdi Serkan. Arif'in gözlerindeki heyecan birdenbire kaybolunca aklındakileri söyleyip, söylememek konusunda kararsız kaldı. Sonra kendini toparlayıp; konuşmaya başladı.

"Yalnız; bayıldığımda çok garip şeyler oldu. Hayal meyal hatırlıyorum ama orada bayıldığımda farklı bir yerde uyandım. Bir şehir... Evet. Bir şehirdi. Tuhaf giysili insanların sokaklarında dolaştığı garip bir yer... Akıp, giden bir hayat... Her şeyiyle bildiğimiz bir şehir. Hatta şehri yönetenler bile vardı. Kraliçe... Evet... Kraliçe diyorlardı. Onun yönettiği bir şehir..."

Arif, Serkan'ın ilk konuşmalarından sonra tekrar heyecanlanmış şimdi duyduklarıyla ise; Serkan adına üzülmeye başlamıştı.

Serkan konuşmasının arasında birdenbire "Bir dakika..." dedi. Sonra; "Allah'ım böyle bir şey olabilir mi!" diye mırıldandı.

"Ne oldu evlat?" diye söylendi Arif.

"O şehir..." diye kendisiyle konuşur gibi konuşmaya başladı Serkan. "Zulumat... Mezarın altında bir şehir var! Mezar aslında o şehre açılan kapıydı. Bu Dünya'da Ölümsüzlük diye bir şey yok. Ama orada var. Eski kaynaklarda, efsanelerde Ab-ı hayatın bulunduğu şehir olarak adı geçer. Peki böyle bir şey nasıl olabilir! Orada bayıldığımda... Bayıldığımda aslında ölmüştüm. Ruhum bedenimi terk ederek, kapının ardına geçti. Gördüklerim hayal değildi. Gerçekti!"

Zulumat Şehri

Birçok sandalyesi bulunan uzunca bir masanın baş sandalyesinde oturmaktaydı kadın. Elindeki tarot destesinden yirmi iki kartlık Arkana Majör (Büyük Sırlar) grubunu çıkarıp, kapalı bir şekilde önüne dizerken; salona yavaş adımlarla giren adamı fark edip; seçtiği iki kartı da açtı. Ardından "Hoş geldin Zervan!" diye seslendi. Bu arada masada açtığı iki kart; Kraliçe ve Büyücü idi.

Zervan, yavaş bir biçimde masanın karşısına geçerken; "Her şey bitti." diye söylendi. "Kapı yok edildi. Münzevi öldü."

"Savaş bitti."

İkisinin birlikte söylediği ortak cümleydi. Ayrıca, bu cümleden sonra Kraliçe masada bulunan kartlardan birini daha seçmiş, ve Münzevi Kartını açmıştı.

"Peki; Hediyemi beğendin mi?" diye sordu Kraliçe. Artık Zulumat' a açılan tek bir kapı kalmış; o da kendi kontrolündeydi.

"Teşekkür ederim." dedi Zervan. Ardından; "Böyle bir şeyi nasıl daha önceden bilebildin." dedi. "Banu'ya tıpatıp benzeyen biri! Bu nasıl oldu?"

Kraliçe bilmiş bir şekilde gülümserken; "Tarot' u tam anlamıyla kavradığında; Kader'e hükmetmeye başlarsın." dedi. Ve bir kart daha açtı. Bu defa açılan kart Aşıklar Kartıydı.

"Sen Yaşlı Adam'dan çok daha güçlüsün!" dedi Zervan. "Yoksa ben nasıl senin safına geçebilirdim ki!"

Sözleri bitince; "Sofya nerede?" diye sordu Kraliçe. Ardından Zervan' dan gelen "Senin için önemliydi biliyorum. Ama Yaşlı Adam'ı seçerek; bana ihanet etti. Bu yüzden öldürmek zorunda kaldım. Üzgünüm." cevabı üzerine ters çevrilmiş kartlardan başka birini seçerek; Ölüm Kartını açtı.

Ölüm Kartının açılmasıyla birlikte birkaç saniye sessizlik oluşurken; Zervan' a bakarak, "Artık bu şehir tamamen bizim kontrolümüz altında." dedi. "Diğer kapının bulunması imkansız. Sen ve Ben artık hem bu şehrin hem de Ölümlü Dünya'nın Efendileriyiz!"

"Öyle." dedi Zervan. "Mezar ortadan kayboldu. Onun tarafındaki herkes öldü. Misafir Kabul Etmez Köyü diye bir Köy artık yok!"

Bu arada salona giren korumalardan biri alelacele söze girerek; "Bir sorun var efendim." dedi. "Ne oldu?" diye baktı ikisi de. "Şehirde bir adam görünmüş. Tuhaf giysili, buraya ait olmayan biri! Sizin hakkınızda bilgiler toplamış." dedi. Ardından Zervan' a dönerek; "Sonra da sizin getirdiğiniz..."

Sözünü bitirmemişti ki; "Banu." dedi Zervan. Bunun üzerine; "Banu Hanımı kaçırmaya çalışmış; bir anda da ortadan kaybolmuş!" diyerek heyecanlı bir şekilde sözlerini tamamladı.

Kraliçe; Koruma sözlerini bitirdikten sonra "Çıkabilirsin." diyerek onu dışarı çıkardı.

Zervan; koruma odadan çıkar çıkmaz Kraliçe'nin yüzüne bakarak; "Kim bu?" diye söylendi. Ardından "Hatırlıyorum." anlamında mimik yaparak; "O ölmüştü!" dedi. "Bu nasıl oldu?! Buraya kadar gelebildiyse; Kapıyı kullanmadan nasıl geri dönebildi?!"

"O kızın adı neydi?" diye sordu Kraliçe. Zervan' ın "Banu'yu mu diyorsun?" sorusundan sonra; "Gerçek adı?!" diyerek sesini yükseltti.

Zervan birkaç saniye durakladıktan sonra; "Gül." dedi. Kraliçe, bunun üzerine önündeki kapalı kartlardan birini daha seçti. Ve son olarak Deli Kartı açıldı. Deli Kartı Tarot' ta dağlık yörede bulunan genç bir adam şeklinde tasvir ediliyordu. Ve sol elinde tuttuğu bir gül vardı.

İstanbul...

"Hatırlıyorum. 'dedi Serkan. Bu arada yatağının hemen başında kendisine getirilen güllerden birini eline almıştı. "Orada Gül'ü de gördüm."

Sözlerini bitirdikten sonra; suratına birdenbire bir gülümseme yayıldı. Sonra delice; "Evlenme teklifimi kabul etti!" diye bağırdı.

Bu arada Arif, Serkan'ın karşısındaki çılgın hallerini görünce içinde bir acı hissedip; "Sakın yanlış anlama evlat!" dedi. "Ben herkes gibi senin deli olduğunu düşünmüyorum. Ama hiç orada baygınken; gördüklerinin beyninin bir oyunu olduğunu düşündün mü? Yani rüya olabileceğini!"

Serkan gözleri hala parlarken; "Düşündüm." dedi. "Çok düşündüm. Onun kaybolduğu gün... O gün O'na evlenme teklif edecektim. Yüzük cebimdeydi. Ama verme fırsatını bulamadım. Orada oldu ama... Orada yüzüğü parmağına taktım. Benimle evlenmeyi kabul etti. Hatırlıyorum..." dedi tekrar. "Onu cesedini Kasaba' ya getirdikten sonra cebimi kontrol ettiğimi hatırlıyorum. Kutu kapalıydı ama içi boştu. O gün düşürdüğümü sanmıştım. Ama aslında yüzüğü o şehirde parmağına takmıştım!" dedi.

Arif'in gözleri birden şaşkınlıkla açılınca; Serkan delice "Gül yaşıyor!" diye bağırdı.

Zulumat Şehri

Zervan da şimdi Kraliçe'nin masaya açtığı son karta bakarken; "Bu olabilir mi?" diye konuştu.

Kraliçe huzursuz bir şekilde ayağa kalkarak; "Ölmeden buraya gelebildi." diye mırıldandı. "Onu kurtarmaya çalıştıysa; her şeyin farkında demektir. Ne yapıp, edip tekrar gelmeye; diğer kapıyı bulmaya çalışacak! Buna izin veremeyiz. Sırrımızı ortaya çıkarabilir."

Zervan; hırslı bir şekilde dişlerini sıkarken; "Onu burada öldürmemiz zaten imkansız." dedi. "Oraya gidip, onu öldüreceğim. Ve bu defa her şey bitecek. Merak etme!" sözlerini henüz bitirmişti ki; "Bende seninle geliyorum." dedi Kraliçe. "Ölmeden ruhunu nasıl buraya aktarabildiğini bilmiyoruz. Onun kim olduğu büyük bir soru işareti! Çok tehlikeli olabilir."

Zervan, başını sallarken bir kez daha masada açılan karta bakarak; "Ne olursa olsun; O'nu yok edeceğim!" diye söylendi.

İSTANBUL...

"Gül'ü O kaçırdı!" dedi Serkan. "Kalbini bu yüzden söktü. Yaşlı Adam'ın dediği gibi... Burada başka kalplere ihtiyacı var.

Ama geldiği yerde yok. Çünkü Orada ölümsüz ama burada değil! Mezar ortadan kayboldu. Büyük ihtimalle Kraliçe tarafından böyle bir görev aldı. Çünkü; O kapı Yaşlı Adam'ın kontrolündeydi. Ama O buraya gelebildiğine göre mutlaka bir kapı daha var. O şehre başka bir giriş var!''

''Öyle bir yer gerçekten var mı?'' diye sordu Arif. Artık Serkan'ın rüya gördüğünü düşünmüyordu. Çünkü böyle detaylarla anlatılan bir yerin rüya olması olasılığından çok aşmış bir delinin zekasından fışkırması akla daha yatkın geliyordu.

''Dünya'nın en bilgin Arkeologlarının hala aradığı şehri benim gibi bir yeni yetme keşfetti.'' diyerek Arif'i onayladı Serkan.

Ardından elindeki kırılmış plastik kaşıkla bir şeyler çizmeye devam ederken; ''O şehirde onları araştırdım. Artık hatırlıyorum!'' dedi. ''Eğer şehrin kontrolü onlardaysa; mutlaka benden haberleri olmuştur. Sırlarını öğrendiğimi biliyorlardır. Ama beni orada öldüremezler. Buraya gelecekler!'' dedi. Sonra birden sesini yükselterek; ''Ama bende onları burada öldürebilirim!'' diye bağırdı.

Sonra elindeki kaşığı bırakarak; ''Senin artık kim olduğunu biliyorum.'' diye mırıldandı. Bu arada plastik kaşık yardımıyla betona çizdiği yazı: ''ZERVAN'' dı.

SON

Don't miss out!

Visit the website below and you can sign up to receive emails whenever Yasin Güneş publishes a new book. There's no charge and no obligation.

https://books2read.com/r/B-A-FTEGB-ZFOAD

BOOKS 2 READ

Connecting independent readers to independent writers.

About the Author

Hikayelerin Dokusunda Kaybolan Bir Rüya Takipçisi

Merhaba, ben Yasin Güneş. Hayal gücümün sınırlarını keşfetmeyi seven, İstanbul'un karmaşık sokaklarında hikayeler arayan biriyim. Küçük yaşlardan beri kelimelerle dans etmek, duyguları ve düşünceleri bir araya getirmek benim için bir tutku haline geldi.

Küçük Bir Rüya Başlangıcı

İstanbul'un kalbinde, renkli ve karmaşık bir çocukluk geçirdim. Sokaklar, binalar ve insanlar arasında kaybolurken, kafamda sonsuz hikayelerin filizlendiğini fark ettim. Okumak, yazmak ve hayal kurmak benim için vazgeçilmez birer hazine haline geldi.

Büyüyen Tutku: Edebiyat

Öğrendiğim şeylerin sınıfların dışında, şehrin kalbindeki yaşamla temas kurarak olduğunu fark ettim. Sokakları, insanları ve olayları gözlemlemek, hikayelerimi şekillendirmemin anahtarı haline geldi.

Hikayelerin Peşinde

Kariyerim boyunca gerçek mutluluğumu kendi hikayelerimi yazarken buldum. Her biri, içimde yatan derin duyguların, hayal gücünün ve düşüncelerin bir yansımasıydı. "Zervan - Doğumu ve Ölümü Belli Olmayan" gibi projelerde, insan doğasının karmaşıklığını, zamanın ötesindeki varoluşsal soruları ve içsel çatışmaları ele alarak kendimi ifade etme fırsatı buldum.

Kişisel Yaşam: Hikayelerin İzinde

İstanbul, benim ilham kaynağım ve ruh eşimdir. Şehrin her köşesinde yeni hikayeler, yeni karakterler ve yeni maceralar keşfetmek için sabırsızlanıyorum. Ayrıca seyahat etmek, farklı kültürleri deneyimlemek ve insanlarla bağlantı kurmak da benim için önemli birer hazine.

Gelecek: Yeni Hikayelerin Peşinde

Yaratıcılığımın sınırlarını zorlamaya devam edeceğim ve yeni hikayelerin peşinden koşacağım. İnsanların kalplerine dokunacak, düşüncelerini harekete geçirecek ve hayal güçlerini besleyecek hikayeler yazmak için sabırsızlanıyorum. Gelecekte, kendi izlerimi bırakacak, unutulmaz eserler yaratma umuduyla ilerliyorum.

Read more at yasin-gunes.com.